I0556947

www.ingramcontent.com/pod-product-compliance
Lightning Source LLC
Chambersburg PA
CBHW072047170626
46811CB00008B/3206
9780463966785

قانون البقاء

عشرة قصص قصيرة للشباب

إعداد وتحرير: رأفت علام

مكتبة المشرق الإلكترونية

قانون البقاء

عشرة قصص قصيرة للشباب

إعداد وتحرير :رأفت علام

مكتبة المشرق الإلكترونية

صدر في يناير 2021 عن مكتبة المشرق الإلكترونية – مصر

Table of Contents

قانون البقاء

" اجمع كل الكتيبة ... "

انطلق نداء القائد، وبلغ آذان الجميع، في الثانية إلا عشـر دقائق، في يوم السـادس من أكتوبر، عام 1973م، فتراصـت الصفوف بسرعة، وأطل الاهتمام والفضول من العيون، مع تلك النبرة الحماسية، التي زغردت في صوت القائد، وهو يقول: - أبشروا يا رجال، الآن فقط يمكنني أن أبلغكم أن الأوامر قد صدرت بعبور القناة، وبدء الحرب الشاملة، ضد العدو الإسرائيلي .

خفقت القلوب في عنف، مع الكلمات التي طال الاشتياق إليها، ولكن قلب الجندي(عبد العزيز إبراهيم) بالذات كانت خفقاته تختلفه .

لم تكن مجرَّد خفقات قلب نبض طويلًا بالرغبة في الثأر من العدو، واسـتعادة الكرامة المهدورة في آخر الحروب، عام 1967 , كغيرة من قلوب بقية الجنود والضباط في الكتيبة ..

لقد كانت ذكريات تستيقظ ..

ذكريات اندفنت طويلًا في هذا القلب، وغرقت في أعماق شعور قوي بالمرارة والألم، لم يفصح عنه لسان صاحبه قط ..

ومع كلمات القائد الحماسية، انطلق عقل(عبد العزيز) يستعيد تلك الذكريات ..

ذكريات نكسة يونيو 1967م ..

في تلك الأيام، كان جنديًا بسـيطًا حديث التجنيد، ثم نقله بعد تدريبات بسـيطة، إلى وحدة من الوحدات المتمركزة في قلب (سيناء)، على مسافة قريبة من قناة (السويس)..

وقبل أن يستقر به المقام في كتيبته، اندلعت الحرب ..

بل قل :حدثت الكارثة ..

لم تكن حربًا بالمعنى المفهوم، فقد استيقظ يوم الخامس من يونيو، واشترك مع زملائه في طابور الصباح كالمعتاد، ثم راحوا يزاولون أعمالهم الروتينية ..

ثم ظهرت تلك الطائرات في الأفق ..

طائرات برزت فجأة، على ارتفاع منخفض، وانقضت على الجميع بغتة، وراحت تمطر هم بنيران وقذائف لا تنقطع ..

يومها جرى إلى سـلاحه، وراح يطلق نيرانه نحو تلك الطائرات، متصـورًا أن رصـاصـاته البسـيطة قادرة على إسـقاطها وتحطيمها ..

ومن حوله، تساقط رفاقه وقادته، وتعالى دوي الانفجارات، وصواريخ العدو تنسف الثكنات والمعدات ..

وكما بدأ القتال فجأة، انتهى فجأة ..

ألقت طائرات العدو حمولتها من الصـواريخ المدمرة، ونسفت مانسفت، وقتلت من قتلت، ثم واصلت طريقها وكأن شيئا لم يكن، مخلفة وراءها أنهارًا من الدماء الزكية، لترتوي بها رمال(سيناء) الطاهرة ..

وفي جزع وارتياع، راح يلهث باحثًا عن رفاقه ..

وكانت الصدمة أعنف مما تصوَّر ..

الجميع لقوا مصرعهم ..

تقريبًا الجميع ..

لم يتبق سواه، هو وثلاثة من الجنود وضابط واحد، اشتركوا جميعًا في ذلك الشعور المؤلم بالهزيمة والعار ..

وعندما أعلنت القيادة السياسية الانسحاب، تحوَّلت مشاعرهم إلى دموع غزيرة، أغرقت وجوههم وقلوبهم، وهم يتراجعون منسحبين، دون خطة مسبقة، أو أمل في النجاة ..

وفي الطريق، سقط الضابط الجريح، ولفظ أنفاسه الأخيرة، ثم لحق به جندي آخر، وبقي (عبد العزيز) وحده مع رفيقيه، وقد التهبت أقدامهم، وتقطَّعت أنفاسهم، وبدا لهم وكأن الطريق إلى القناة صار ضربًا من المحال، لن يمكنهم بلوغه أبدًا ..

ثم ظهرت تلك الفرقة الإسرائيلية ..

مجرَّد سـيارة جيب، تحمل على جانبها شـعار نجمة (داوود)، وفي داخلها أربعة من الجنود الإسـرائيليين، ملأ ذلك النصـر السريع قلوبهم بالزهو والخيلاء، فخرجوا لاصطياد المنسحبين، وكأنهم في رحلة صيد طريفة .

ولن يمكنه أن ينسى ما حدث قط ..

أطلق الإسـرائيليون النار على أحد رفيقيه بلا رحمة، ودون أن يبدي مقاومة، وانطلقت ضـحكاتهم كالوحوش الكاسـرة، التي ظفرت بفريسة سهلة، ونهشتها في لهفة واستمتاع ..

والتهبت الدماء في عروقه، ودماء رفيقه تروي رمال(سيناء)..وأدار فوهة مدفعه إلى السيارة الإسرائيلية، وأطلق النار ، كان الوحيد الذي أصرَّ على الاحتفاظ بسلاحه طوال الوقت ..

ولكن ذخيرته لم تحتمل القتال طويلًا ..
لقد نفذت ذخيرة مدفعه بعد ثلاث أو أربع طلقات ..
وانطلقت من الجيب الإسرائيلية ضحكة مجلجلة ..
ضحكة جندي إسرائيلي غليظ الملامح، كث الحاجبين، ما زالت ملاحة محفورة في ذاكرته، حتى هذه اللحظة ..
وفي سخرية مزقت نياط قلبه، هتف ذلك الإسرائيلي :- هؤلاء المصريون لا يتعلّمون أبدًا .
ثم وثب من السيارة، وصوَّب إليه مدفعه، وهو يستطرد في جدل وحشي :- حاول أن تفهم أيها المصري ..إننا نُطبِّق قانون البقاء البسيط ..ذلك القانون الذي يؤكد أن البقاء للأقوى ..
ومال نحوه، مستطردًا في غلظة متشفية :
- ونحن الأقوى أيها المصري ..نحن وخلفنا(أمريكا)كلها أكثر قوة منكم .
لحظتها أشتعلت كرامته، وانجرح كبرياؤه .فانقض على الإسرائيلي بقبضته، على الرغم من المدفع المصوب إليه، ولكن الإسرائيليين الأربعة هاجموه معًا، وهزمته كثرتهم، و هم يتكالبون عليه، وضحكات ذلك الإسرائيلي تخترق أذنية، وتجري منهما إلى قلبه، فتدميه، وتحرقه بنيران باردة مخيفة ..
وأسره الإسرائيليون ..
أسروه باستهتار عجيب، حتى أنهم لم يهتموا كثيرا بحراسته، أو حتى بتقييده، وكأنما جمعوا جيشًا من الأسرى، ولم يعد يعنيهم الاحتفاظ بالمزيد ..
وربما كان هذا ما ساعده على الفرار حينذاك ..
إنه لا يذكر كيف فعل هذا بالضبط، ولكنه يذكر جيدًا أنه كان يجري بكل قوته، نحو الشاطئ الشرقي للقناة، وكلمات الإسرائيلي تدوي في أذنيه ..
"البقاء للأقوى أيها المصري ..ونحن الأكثر قوة" .
وعبر القناة ..
عبرها سابحًا، من الضفة الشرقية إلى الغربية، وقد بدا له أن المياه التي تضربها ذراعاه، هي فيض دموعه، التي سكبها ألمًا ومرارةً وحزنًا ..
ولم ينس ذلك الإسرائيلي .
لم ينسه قط ..
و ..
" استعدوا يا رجال ..الآن سنعبر القناة .. "
قاطعت عبارة القائد أفكاره، فرجع إلى واقعه ،
وتفجَّر حماسه، وقفز إلى ذروته، عندما خرجت زوارق العبور، وحمل سلاحه، وحانت اللحظة التي انتظرها ست سنوات كاملة ..
لحظة العبور من الغرب إلى الشرق .
لحظة العودة ..
والثأر ..
وبحماس الدنيا كله، وثب داخل زورق العبور ..
وعبر ..
كانت القنابل تدوي من حوله، ممتزجة بهدير الطائرات، التي تشق القناة، وتنهال بنيرانها على خط (بارليف)، في نفس الوقت الذي تنهال فيه عليه، وعلى رفاقه، نيران العدو، فتطيح بزوارق كاملة، بكل ما فيها ومن فيها، وتصبغ مياه القناة بدماء شهداء مصر الأبرار .
تمامًا كما حدث في عام 1967م .
ولكنه كان يعلم أن كل شيء يختلف ..يختلف كثيرًا ..
فالدماء تبذل هذه المرة في سبيل الثأر ..
في سبيل الكرامةلا..
تبذل لاستعادة الأرض المسلوبة، والكرامة المجروحة ..
إنها حتمًا تختلف ..
،وهذا الاختلاف هو الذي جعله يقاتل كالوحوش، ويتصدَّى للنيران بصدر مفتوح، ويتسلَّق خط (بارليف) في حماس مثير ويقتحمة في استبسال مدهش، أثار الأعداء قبل الأصدقاء ..
كان يشعر أنه لا يعبر مجرَّد مانع عسكري قوي .

بل يعبر شعورًا بالمرارة والهزيمة، لازمه طويلًا ..
طويلًا جدًا ..
يعبر لحظة عار، عذبه مذاقها ست سنوات كاملة ..
نعم .. لقد اقتحم خط(بارليف) ، ليقتحم معه مأساة حياته كلها ..
،وعندما قاومتهم تلك النقطة الحصـينة طويلًا، كان هو أول من تطوّع لمهاجمتها على نحو انتحارى، فتسـلّل إلى فتحاتها وألقى منها قنابله ..
ودوت الانفجارات تعلن الانتصار ..
الانتصار على آخر نقطة حصينة في المنطقة التي أسندت لكتيبته مهمة الاستيلاء عليها من خط(بارليف)..
وبينما كان أحد رفاقه يغرس العلم المصري على الموقع، اقتحم هو النقاط المستسلمة، ليحمي الأسرى والمصابين من العدو ..
وفجأة، وقعت عيناه عليه ..
و ذلك الإسرائيلي الضخم الوقح ..
لم يعد جنديًا كما كان ..
لقد صار ضابطًا في جيش(إسرائيل)..
هذا كل ما تغير فيه ..
أعني في مظهره الخارجي ..
فهناك، في أعماقه، تغيَّر الشيء الكثير لا..
إنه لم يعد يضحك ..
لم تعد ضحكاته المجلجلة الساخرة تدوي في المكان ..
لقد تحطمت غطرسته، وانهزم غروره، واندحر زهوه القديم .
تلك النظرة الذليلة، المطلة من عينيه، كانت تشف عن هذا في وضوح ..
وفي لحظة، استعاد ذهن(عبد العزيز) ذكريات سنوات مضت ..
استعاد مشهد زميله، وهو يلقي مصرعه ..
لحظة الهزيمة ..
والعار ..
والمرارة ..
كل ذكرياته اجتمعت، عند وجه هذا الإسرائيلي ..
وفي صرامة، اقترب منه(عبد العزيز) ، وألصق مدفعة بجانبه، وهو يقول :- هل تذكرني أيها الإسرائيلي؟
رفع الرجل عينين متسائلتين حائرتين إليه، فأضاف :- يومًا ما أخبرتني أن البقاء للأكثر قوة ..البقاء للأقوى ..
بدت علامات التذكر على وجه الإسـرائيلي، وامتزجت بذعر هائل، وهو يلوح بيديه متوسـلًا، هاتفًا :- لا أيها المصـري ..لا تقتلني. .الرحمة .
خفض(عبد العزيز) فوهة مدفعه، وهو يقول :
..لن أقتلك أيها الحقير ..الرصاصة التي أرغب في إيداعها جسدك، سأدخرها لآخر من جيشك، لم يقع في أسرنا بعد
أما أنت، فكل ما أرغب في فعله معك هو أن أخبرك أنك مخطئ في نظريتك عن قانون البقاء ..
بدت الدهشة والحيرة والذعر في عيني الإسرائيلي، و(عبد العزيز) يميل نحوه، ويضيف في صرامة شديدة :- القانون نفسه ..صـحيح، ولكن البقاء ليس للأقوى، وإلا لكانت الديناصـورات هي التي تسـود الأرض الآن ..البقاء دائمًا للأفضـل أيها الوغد للأفضل وحده .
ثم تراجع مستطردًا في ارتياح :
- هذا هو قانون البقاء الحقيقي .
وفي اللحظة التي سـقط فيها فك الإسـرائيلي، في ذهول مبهور، كان (عبد العزيز) يتجاهله تمامًا، وقد زايله كل شـعور بالمرارة والألم، وانطلق ليواصل قتاله في تلك الحرب، التي أعادت إليه كرامته وآدميته ..
والحرب من أجل البقاء ..
للأفضل ..

☆☆☆

قدوة في زمن الاستنزاف

قناة السويس، شتاء عام 1970 ميلادية ..

دوى الانفجار، في الضفة الشرقية لقناة (السويس)..وتردد صداه في الضفة الغربية، فدوت معه هتافات الجنود :- الله أكبر ، وانتفض جسد ضابط الكتيبة، وهو يلوّح بقبضته، قائلًا في حماس :- الأولاد نجحوا ..نسفوا مخزن الذخيرة .

كان هذا في أوج حرب الاستنزاف بين مصر وإسرائيل، والحماس يملأ قلوب الجميع، فارتفعت رؤوس جنود الكتيبة في لهفة، وعيونهم تمسح سطح القناة، حتى لمحوا ذلك الزورق، الذي يعبرها عائدًا إليهم، فهتف بعضهم :- انهم يعودون .

وكما لو كانت هذه إشارة البدء انطلقت عشرات المدافع من الضفة الغربية، لتنفجر قنابلها على الضفة الشرقية؛ لحماية رجالنا، وتغطية انسحابهم، وتأمين عبورهم، حتى بلغوا الضفة الغربية للقناة، فاستقبلهم رفاقهم استقبال الأبطال ..

كانوا أربعة من جنود الصاعقة المصريين، وبصحبتهم أسيران إسرائيليان، أحدهما مصاب بجرح بالغ، وحلته العسكرية الإسرائيلية غارقة بدمه ..

وفي توتر، سألهم الضابط :

- أين(حامد)؟

أجابه الجندي(سيف)في اقتضاب :

- استشهد .

هبط الحزن فجأة على قلوب الجميع، وترقرق الدمع في عيون بعضهم، والضابط يسأل في خفوت حزين :- وأين جثته؟

أجابه(سيف):

- لم تعد هناك جثة .

كاد يكتفي بهذا القول، لولا أن أطل التساؤل في عيون الجميع، فأضاف في حزم مقتضب :- لقد نسف نفسه مع المخزن .

اختنقت حلوقهم بالحزن، وقال الضابط :

- قدموا تقريركم، وانقلوا الأسيرين إلى الحجز، واتصلوا بالقيادة لتحديد الموقف .

تم تنفيذ الأوامر في دقائق معدودة، ونقل الأسير المصاب إلى الوحدة الطبية لإسعافه، وبذل الطبيب هناك قصارى جهده ، قبل أن يقول للضابط وجنوده :- لا فائدة ..الإسرائيلي سيموت حتمًا، ما لم ننقل له لترًا من الدم، من فصيلة(أ) موجب، ولا توجد لدينا أية دماء هناى.

تعالى صياح بعض الجنود :

- دعوه يموت ..فليدفع ثمن ما أصاب الشهيد (حامد) .

إلا أن الجندي(سيف).اخترق الصفوف، وهو يقول في حزم :- أنا أمنحه دمي

لم يكد ينطقها، حتى بدا وكأن قنبلة من الصمت قد انفجرت في المكان، فأحالته إلى مقبرة ساكنة، والكل يحدقون في وجه (سيف)بشيء من الذهول والاستنكار، قبل أن يردّد الضابط في خفوت، وكأنه لا يصدّق ما سمعه :- تمنحة دمك؟!

كرّر(سيف):في حزم أكثر

- أنا أمنحه دمي ..فصيلة دمي(أ) .موجبة وسأمنحه لترًا من دمي . .

ساد الصمت لحظات أخرى، ثم تفجرت ثورة الغضب في الحناجر :- أنت !!أنت تمنحه دمك يا(سيف)

- تمنح الإسرائيلي دمك؟

- هل جننت يا رجل؟

- لست أصدق نفسي ..

-(سيف)هذا مخبول بحق ..

ولم ينبس(سيف)ببنت شفة ...

لقد ظل صامتًا، والحزم يكسو وجهه كله، على الرغم من ثورة رفاقه، حتى سأله الطبيب :- أأنت مستعد لهذا حقا؟ !

ولم يجب(سيف) ،وإنما مدَّ ذراعه للطبيب، معلنًا موافقته وعزمه، فلم يكن من الرجل إلا أن اصطحبه إلى داخل العيادة ، وغرس إبرة نقل الدم في ذراعه، وبدأ ينقل لترًا من دمه إلى عروق الإسرائيلي ..

ولم تستغرق العملية سوى ساعة واحدة، انتعش بعدها جسد الإسرائيلي، وتجاوز مرحلة الخطر، في حين بدا(سيف) شاحبًا ممتقعًا، فربّت الطبيب على كتفه، وهو يقول :- انتهى الأمر يا بطل ..تناول كوبين كبيرين من عصير الفاكهة، وستصبح على ما يرام بإذن الله ..

ولكن الطبيب لم يكن مصيبًا في قوله هذا ..

الأمر لم ينته أبدًا ..

لقد بدأ ...

فمنذ غادر(سيف)العيادة، أشاح عنه الجميع بوجوههم ..

زملاء خيمته ..

زملاء الكتيبة ..

وحتى الضابط والصول وضباط الصف ...

كلهم قرروا أن ينبذوه وأن يتجاهلوه تمامًا ..

لا أحد يصافحه، أو يشاركه طعامه، أو حتى يلقي عليه تحية الصباح ...

الكل قاطعوه تمامًا، عقابًا له على منحة دمه للإسرائيلى ..

والعجيب أنه احتمل كل هذا في صبر عجيب ..

احتمله وكأنه كان يتوقعه ..

لقد راح يأكل وحده، ويعمل وحده، في استسلام عجيب، دون أن يشكو أو يتبرَّم، وكأن هذا قدره، الذي يتحتم عليه قبوله صاغرًا، ودون مقاومة ..

ولكن هذا لم يرق لهم .

،وفى عناد، تمادوا في عقابه، فصاروا يضايقونه، ويشاغبونه، ويتحرشون به في كل مناسبة، إلا أنه تجاهل هذا تمامًا وواصل معاملتهم بمنتهى الهدوء والأدب والصبر ..

واستفزهم هذا الهدوء أكثر وأكثر، حتى أنهم استغلّوا وصول أحد القادة، للتفتيش على الكتيبة، فانتخبوا من بينهم واحدًا، تقدم للقائد قائلًا :- سيادة القائد ..الكتيبة لديها مطلب واحد، اجتمعت كلها على الرغبة في تنفيذه، وتتقدَّم إليك برجاء لتنفيذ رغبتهم .

سأله القائد في قلق :

- أي مطلب هذا؟

أجابه مندوب الكتيبة :

- لا نريد الجندي (سيف).بين صفوفنا

أدهش هذا المطلب القائد، ولكنه وعد مندوب الكتيبة ببحث الأمر، واجتمع مع الضابط، وسأله عن هذا، فشرح له الضابط الموقف كله، وختمه قائلًا :- ولم يحتمل الجنود بالطبع فكرة أن يتبرع(سيف) بلتر من دمه لجندي إسرائيلي، في نفس الوقت الذي فقدوا فيه(حامد).الذي ضحى بحياته لتنجح العملية ،

أومأ القائد برأسة متفهمًا، وهو يقول :- أمر طبيعي .

ثم استغرق في التفكير لحظات، قبل أن يستطرد في حزم :- اجمع الكتيبة كلها ..أريد أن أنفذ الأمر بطريقتي ..

ولم تمض دقائق معدودة، حتى كانت كتيبة الصاعقة كلها تقف أمام القائد، وتؤدي له التحية، وبعد الإجراءات العسكرية المعتادة، شدّ القائد قامته، وواجه الرجال جميعًا بقوله :- لقد تلقيت اليوم مطلبًا جماعيًا من الكتيبة، بخصوص نقل أحد أفرادها إلى كتيبة أخرى، وقبل تنفيذ هذا النقل، أريد من هذا الفرد أن يواجه الجميع، ويشرح مبررات فعله ...الجندي(سيف).تقدم الصفوف .

أطاع(سيف) :الأمر، وتقدَّم ثلاث خطوات إلى الأمام، واتخذ وقفة عسكرية صارمة، فواجهة القائد بنظرة نارية، وهو يسأله لماذا تبرَّعت للإسرائيلي بدمك يا -(سيف)؟

صمت(سيف):لحظة، ثم أجاب بصوت قوي

- من أجل الوطن يا فندم .

سرت همهمة غاضبة مستنكرة، أسكتتها النظرة الصارمة المطلّة من عيني القائد، قبل أن يسأله :- ما الذي يعنيه جوابك هذا يا (سيف)؟

أجابه(سيف) :

- في أثناء التدريبات، علمونا أنه من الضروري أن نسعى لإحضار أسرى، في كل عملية من عمليات حرب الاستنزاف ، لأن كل أسير نحصل عليه من الإسرائيليين، يساوي أحد أسرانا لديهم، عندما تتم عملية تبادل الأسرى ..وعندما علمت أن ذلك الأسير الإسرائيلي سيموت، ما لم يحصل على الدم، خشيت أن نخسر بموته أحد أسرانا، فمنحت دمي له، من أجل من سنستبدله به من أسرانا ..

ثم ازدرد لعابه، وشدّ قامته، وسط الصمت الرهيب، الذي أطبق على المكان، قبل أن يضيف في حزم :- باختصار ..كنت أشعر بأنني أمنح دمي لأسيرنا، وليس لأسيرهم .

قالها، وعاد إلى وقفته العسكرية الصارمة الصامتة، والعيون كلها تتطلّع إليه في انبهار وخجل، والعروق يسري فيها شعور بالندم وتأنيب الضمير ..

ثم قطع القائد حبل الصمت ..

وأصدر قراره ..

ومنذ ذلك اليوم، لم يعد (سيف) جنديًا في الكتيبة ..

لم يعد منبوذًا أو مكروهًا ..

لقد أصبح عريفًا، تزين ذراعه تلك الشرائط التي حصل عليها بترقية استثنائية .

لقد أصبح قدوة في زمن الاستنزاف .

✯✯✯

سكان الكوكب الأحمر

ارتفعت استعدادات الأمن إلى الدرجة القصوى، في قاعدة الفضاء الأمريكية(كيب كيندي) وراح طاقم المراقبة يتابع في ، اهتمام بالغ شاشات الرصد، وبيانات أجهزة الكمبيوتر وتحليل المعلومات، تمهيدًا لإطلاق مكوك الفضاء الجديد، في أوّل رحلة .تحمل رواد فضاء إلى كوكب المريخ وفرك قائد القاعدة كفيه في انفعال، وهو يراقب ما يحدث حوله، قائلًا لمساعده الأوّل :- لدي شعور بأننا نحيا لحظة تاريخية عظيمة .. كم تمنينا أن نرسل روادنا إلى كوكب المريخ، بعد أن جمعنا كل المعلومات اللازمة عنه من خلال سفن الفضاء، التي يتم توجيهها عن بعد .

ابتسم المساعد، وهو يؤمن على حديثه، قائلًا :- لقد أصبحنا نعرفه عن ظهر قلب، ثم إن أجهزة الكمبيوتر صنعت صورة وهمية لسطحه، ثم تدريب الرواد عليها، بحيث سيهبطون على سطحه، ويجوبون منطقة الهبوط كلها، دون أن يشعروا بالغربة .

أومأ القائد برأسه، وغمغم :

- هذا صحيح ..هذا صحيح .

ثم التقط نفسًا عميقًا، وارتسمت على شفتيه ابتسامة واسعة، وهو يتابع في لهجة تحمل الكثير من الزهو :- إنها الخطوة الأولى في مشروع هائل، سيحتاج منا إلى عمل مستمر، لعشر سنوات على الأقل ..خيال الأدباء سيتحوّل إلى حقيقة ملموسة عندما نقيم ، أوّل منتجع سياحي على سطح المريخ .

هزَّ المساعد كتفيه، وقال :

- مازلت أعتقد أن هذا المشروع يفتقر كثيرًا إلى الجدوى الاقتصادية، فمن ذا الذي يمكنه أن يدفع مليوني دولار، مقابل ثلاثة أسابيع على سطح المريخ؟

قهقه القائد ضاحكًا، وهو يقول :

- أراهنك أنك ستجد المئات من البلهاء الذين لا يترددون في دفع ضعف المبلغ، ليزهوا بأنهم أوّل مدنيين ينطلقون إلى الفضاء، وما إن نبدأ في الإعلان عن الأمر، حتى يتم حجز كل الأماكن لستة أشهر تالية على الأقل .

مط المساعد شفتيه مرة أخرى، وقال :

- سنرى .

لم يكد ينطق كلمته، حتى بدأ العد التنازلي النهائي للإقلاع، فتألقت عينا القائد، وهو يقول :- استعد يا رجل ..نصف الساعة فحسب، وتبدأ أعظم الرحلات الفضائية، في تاريخ كوكب الأرض .

ارتفعت دقات على باب مكتبه، في هذه اللحظة، ثم دلف إليه أحد رجال الأمن، وهو يقول للقائد :- معذرة يا سيّدي، ولكن هناك أمر عاجل، يحتاج إلى رأيك شخصيًا .

أطلّ القلق من عيني القائد وصوته، وهو يسأله :- ماذا هناك؟

أجابه رجل الأمن :

- رجل يصر على مقابلتك، ويؤكد أن هذه المقابلة لها أهميتها القصوى، وأنها تتعلّق بنجاح رحلة المكوك .

انعقد حاجبا القائد، وتبادل نظرة متوترة مع مساعده، قبل أن يسأل رجل الأمن :- وكيف يبدو هذا الرجل؟

هز رجل الأمن رأسه، وهو يجيب :

- الواقع إن شكله وهيئته لا يوحيان أبدًا بأنه يحمل ما يمكن أن يفيد، ولكن الأسلوب الذي يتحدّث به، يؤكد أنه يؤمن تمامًا بما يقول .

انعقد حاجبا القائد أكثر، ثم التفت إلى مساعده، وسأله :- ما رأيك؟

أجابه المساعد في رصانة :

- دعنا نستمع إليه ..إننا لن نخسر شيئًا .

ثم وجّه حديثه إلى رجل الأمن، مستطردًا :

- فتشه جيدًا، وتأكد من أنه لا يحمل سلاحًا، ثم أرسله مع رجلين من رجال الأمن، ودعهما يحضران المقابلة كلها ويستعدان للتدخل مباشرة، إذا ما بدرت منه بادرة ما .

لم يفارق القلق وجه القائد، حتى حضر رجلا الأمن، وهما يقودان أمامهما رجلًا أشيب الشعر، أشعثه، توحي ملامحه بأن عمره يحوم حول الستينات، ولكن لحيته النامية بشعيراتها البيضاء، وحلته الرثة، منحاه عمرًا يفوق هذا بعشر سنوات على الأقل ..

وفي شيء من الازدراء، سأله القائد :

- من أنت يا رجل؟

رفع الشيخ عينيه إليه، وومض الذكاء فيهما في وضوح، وهو يجيب :- اسمي(عبد الرحمن سلامة)

انعقد حاجبا القائد في توتر، وهو يقول :
- أي اسم هذا؟ ..من أين أنت يا رجل؟
أجابه الشيخ في هدوء، يحمل رنة اعتزاز واضحة :- أنا مصري .
وعلى العكس تمامًا، فقد هتف القائد في استهجان عجيب :- مصري؟ !
وقلب شفتيه، وهو يفحَّص الرجل مرة أخرى، قبل أن يجلس خلف مكتبه، ويسألة في استخفاف واضح :- ولماذا تصرّ على مقابلتي أيها المصري؟
بدا الاهتمام فجأة على الشيخ، وهو يقول :
- كان من الضروري أن ألتقي بك لأحذرك .
رفع القائد حاجبيه في دهشة، وهو يقول :
- تحذرني؟ !
اندفع الشيخ يقول :
- بالتأكيد ..لقد اخترتم أسوأ نقطة للهبوط على سطح المريخ ..لابد لكم من تعديل خط سير الرحلة؛ للهبوط في بقعة أخرى .
ثم أشار نحو خريطة كوكب المريخ، التي تحتل جزءًا من الجدار، مستطردًا :- كهذه مثلًا .
تطلَّع كل الموجودين في الحجرة إلى الخريطة، ثم غمغم المساعد :- إنها منطقة لا بأس بها للهبوط، ولكن المنطقة التي وقع اختيارنا عليها ممتازة .
رمقه القائد بنظرة مستهجنة، وكأنما يستنكر مجرَّد محاولة مناقشة ذلك الشيخ المصري، ثم أشعل سيجارة، ونفث دخانها في هدوء، وهو يقول :- نشكرك كثيرًا على هذه المعلومة أيها المصري ..سنضعها في الاعتبار، في الرحلات القادمة .
سرى التوتر في ملامح الشيخ، وهو يقول :
- يبدو أنك لم تفهمني ..هذه البقعة بالذات لا تصلح لهبوط المكوك على سطح المريخ، ولو حاول الهبوط عليها ستكون كارثة :ابتسم القائد في سخرية، وقال.
- حقا؟ !
التقط الشيخ نفسًا عميقًا، قبل أن يقول في توتر بالغ :- اسمعني جيدًا، وحاول أن تفهم ما أقول ..صحيح أن سطح المريخ يبدو ،صلبًا وقويًا، والكوكب نفسه أشبه بصحراء جرداء، ولكنه لم يكن كذلك في الماضي ..لقد كان نسخة من كوكب (الأرض) الحالي ولكنه واجه الكارثة نفسها ..كارثة ضعف غلافه الجوي ..تمامًا كما يفعل بنا ثقب الأوزون الآن، ولقد تجاهل سكان المريخ هذا في البداية، ولم يولوه الاهتمام المناسب .
،اتسعت ابتسامة القائد الساخرة، وتطلَّع إلى مساعده، وهو يقول للشيخ متهكمًا :- وسكان المريخ هؤلاء خضر البشرة بالطبع ولهم هوائي على رؤوسهم ..أليس كذلك؟
لوَّح الشيخ بسبَّابته في وجهه، وهو يقول :
- لا تسخر مني يا رجل ..استمع إليَّ جيدًا ..إنني أحاول منع حدوث كارثة .
كاد القائد ينفجر ضاحكًا، وهو يقول :
- من ذا الذي يسخر منك يا رجل ..هيا ..أكمل ..كلنا آذان صاغية .
التقط الشيخ نفسًا عميقًا، وازدرد لعابه في صعوبة واضحة، جعلت المساعد يسرع بإعطائه قدحًا من الماء، جرعه الشيخ على دفعتين، وأعاد القدح إلى المساعد، وهو يكمل مباشرة :- ولكن المشكلة تفاقمت، ولم يعد المناخ صالحًا للعيش على سطح ،الكوكب .فلجأ من تبقى من السكان إلى صنع مدينة تحت سطح المريخ، وعاشوا فيها، وجعلوا لها قبة من مادة أشبه بالزجاج ليروا منها الشمس والسماء .
هتف القائد ساخرًا :
- رائع ..سأنقل هذه الفكرة حتمًا إلى (سبيلبيرج).المخرج السنيمائي العالمي ..هيا ..أكمل يا رجل ..أكمل
تابع الشيخ، وكأنه لم ينتبه إلى السخرية في لهجة القائد :- ولكن حتى هذا لم يفلح في الإبقاء عليهم، فبدءوا يتساقطون، واحدًا ،بعد الآخر .وفي النهاية استقل الباقون على قيد الحياة الصاروخ الوحيد المتبقي، وغادروا الكوكب، وتوجهوا إلى الأرض وعاشوا فيها ما تبقى لهم من العمر، وتناسلوا، وأنجبوا جيلًا جديدًا، يجهل معظمه حقيقة أجداده، ويحيا باعتباره من أهل الأرض ..
صفق القائد بكفيه، وقال :
- رائع ..رائع ..أشكرك كثيرًا على هذه الرواية الممتعة يا رجل .
ثم مال نحوه بغتة، مستطردًا في خبث ساخر :
- ولكن ما علاقة هذا برحلة مكوكنا الجديد؟
أجابه الشيخ في انفعال :
- ألم تفهم بعد يا رجل؟ ..تلك البقعة التي وقع اختياركم عليها، لهبوط المكوك الجديد، هي تلك القبة الزجاجية للمدينة

المريخية ..صحيح أن الرمال والحصى قد أخفياها، مع مرور السنين، ولكنها ما زالت مجرَّد قبة زجاجية، لن يمكنها احتمال الهبوط قط ..حاول أن تفهم يا رجل ..إنك ستتسبَّب في كارثة شنيعة .

لوَّح القائد بذراعيه، وقال في أسف ساخر :

- لقد فهمت يا رجل، ولكن ماذا أفعل؟ ..العد التنازلي يقترب من الصفر، وسينطلق المكوك بعد لحظات .

شحب وجه الشيخ، واتسعت عيناه في هلع، وهو يهتف :- لا ..لا ..مستحيل !

ثم انقضّ على القائد في ثورة، صارخًا :

- لابد أن تمنع قيام هذه الرحلة ..لابد ..لابد .

صرخ القائد :

- أوقفوا هذا المجنون .

اندفع رجلا الأمن نحو الشيخ، وحاولا الإمساك به، ولكنه ركل أحدهم ركلة قوية للغاية، لا تتناسب مع ضآلته ونحوله، ثم لكم الثاني لكمة أشد قوة، وعاد يصرخ في القائد :- أوقف الرحلة.. افعل شيئًا .

وهنا انتزع أحد الرجلين مسدسه، وأطلق النار على ظهر الشيخ ..واتسعت عينا الشيخ في ألم واستنكار، وهتف :- أنتم المسؤولون ..أنتم السبب في الكارثة .

وسقط على وجهه فوق المكتب، والدماء تنزف من ظهره في غزارة، فهتف المساعد :- هل ..هل لقي مصرعه؟

أسرع رجلا الأمن يفحصانه، ثم قال أحدهم، وهو يلتقط سماعة الهاتف، ليطلب سيارة إسعاف :- كلَّا ..إنه مازال على قيد الحياة .

وفي نفس الوقت الذي علا فيه صوت بوق سيارة الإسعاف المميز، كان مكوك الفضاء الجديد ينطلق في رحلته الأولى نحو الكوكب الأحمر ..

المريخ ..

☆☆☆

أربعة وعشرون يومًا مضت بالتحديد، على تلك الواقعة، عندما اندفع قائد قاعدة الفضاء(كيب كيندى) ومساعده، إلى المستشفى المركزي، وهتف الأوَّل في لهفة :- أين هو؟

رفعت الممرضة السوداء عينيها إليهما في دهشة، وسألت :- هو من؟

لوَّح القائد بذراعيه في توتر، وهو يقول :

- ذلك المصري، الذي أصيب برصاصة في ظهره، منذ أربعة وعشرين يومًا ..أين هو؟

راجعت السجلات المدوَّنة على جهاز الكمبيوتر في سرعة، قبل أن تسأل :- أتقصد(عبد الرحمن سلامة)؟

أجابها في لهفة :

- نعم ..هذا اسمه ..أين هو؟

سألته في صرامة :

- أأنت أحد أقاربه؟

أجابها في حدة :

- كلا، ولكنني أريد مقابلته على الفور ..إنه أمر يتعلق بالحكومة .

أشارت إلى نهاية العمر، وهي تقول :

- لابد أن تحصل على تصريح خاص من الدكتور (جيف).

اندفع الرجلان نحو الدكتور(جيف) وقدَّما له طلبًا، فبدا عليه التردّد، وهو يقول :- الواقع أن صحة هذا المريض تتدهور ، باستمرار، والعقاقير التي نحقنه بها لا تفلح في علاجه، ولست أدري ما إذا كان من الممكن أن أسمح لكما بزيارته، و ...

قاطعه المساعد في صرامة :

- من المحتم أن نلتقي به، والرئيس نفسه طلب هذا .

شحب وجه الطبيب، وهو يشير إلى حجرة الشيخ، مغمغمًا :- في هذه الحالة ..

لم ينتظرا لسماع قوله، وإنما اندفعا إلى غرفة(عبد الرحمن) ،الذي بدا أشد وهنا ونحولًا، وهو يرقد في فراش المرض ، وعشرات الأسلاك والخراطيم تتصل بجسده، مع عشرات الشاشات والمؤشرات التي تحيط به ..

وعلى الرغم من كل هذا، دفع القائد الرجل بيده في توتر، وهو يقول :- استيقظ أيها المصري ..نريد أن نتحدَّث إليك

فتح(عبد الرحمن)عينيه في صعوبة، وتطلَّع إلى القائد، الذي سأله في عصبية :- كيف عرفت كل هذا؟

بدا تساؤل واضح في عيني(عبد الرحمن) ..فقال المساعد، محاولًا تهدئة الموقف :- الواقع أننا مبهورون للغاية بما حدث ، لقد وصل مكوك الفضاء الجديد بالفعل إلى المريخ، وعندما هبط في البقعة المحددة، انهارت تحته تمامًا، وهوى في قلب مدينة

قديمة، وانفجر داخلها، ولكن مركبة فضـاية آلية قديمة صـوَّرت كل ما حدث ..لقد كانت قبة زجاجية بالفعل، وداخلها بقايا مدينة ميخية قديمة .

بدا الحزن على وجه(عبد الرحمن) في حين هتف القائد :- كل شـيء كان كما وصـفته تمامًا ..كيف عرفت كل هذا؟ ..أأنت ، قارئ للغيب .

هزَّ(عبد الرحمن) رأسه نفيًا في صعوبة، فصاح القائد في حدة :- كيف عرفت هذا إذن؟

تمتم(عبد الرحمن) بكلمات غير مفهومة، فقال المساعد في اهتمام :- ماذا تقول؟

ازدرد(عبد الرحمن)لعابه، وبدا من الواضح أنه يستنفر كل ذرة من الطاقة في جسده، ليقول :- كنت هناك .

اتسعت عينا القائد في ذهول، وهو يردِّد :

- كنت ماذا؟

ولكن رأس(عبد الرحمن) انهار على وسـادته، وخبأ بريق الحياة تمامًا من عينيه، اللتين تحجَّرتا على نحو مخيف، فصـاح المساعد :- انقذوه ..إنه لم يخبرنا ما لديه بعد .

أسرع فريق من الأطباء إلى حجرة(عبد الرحمن)، وراحوا يبذلون قصارى جهدهم لإسعافه، ومحاولة إنعاش قلبه المنهك .. ولكن هيهات ..

لقد لفظ(عبد الرحمن) ..أنفاسه الأخيرة، وترك خلفه لغزًا رهيبًا

لغزًا بلا حل .

☆☆☆

غزو الظلال

" أنت الطبيب الجديد إذن "!
نطق مدير مستشفى الأمراض العصبية والنفسية هذه العبارة، في شيء من الضجر، وهو يتطلَّع إلى الطبيب الشاب، الذي قدم أوراق تعيينه على الفور، وتنهَّد في ملل واضح، قبل أن يلقى الأوراق في لا مبالاة على سطح المكتب، مستطردًا :- أوراقك تقول :إنك طلبت العمل هنا بإرادتك. .أهذا صحيح؟
أومأ الطبيب برأسه إيجابًا، فمطَّ المدير شفتيه، وكأنما لم يرق له هذا، وقلب كفه، متمتمًا :- عجبا ..!إنها أول مرة يحدث فيها هذا ..دائمًا يطلبون الانتقال من هنا، إلى أي مستشفى آخر في العاصمة .
قالها، وتنهَّد ثانية، قبل أن ينهض من خلف مكتبه، مستطردًا :- فليكن ..دعنا نر كم ستحتمل البقاء معنا ..هيا ..دعني أرافقك في جولة لتتعرف على المستشفى وأقسامه .
سارا جنبًا إلى جنب، يجولان في المستشفى، والمدير يشرح له أقسامها المحدودة، حتى بلغا قسمًا يحمل بابه علامة رديئة ، بطلاء أحمر داكن، فأشار المدير إلى ذلك الباب، قائلًا :- أما هذا، فعنبر المرضى البالغي الخطورة .
ارتفع حاجبا الطبيب الشاب، وهو يردّد :
- مرضى بالغو الخطورة؟ !ألدينا هنا حالات بالغة الخطورة؟ !
هزَّ المدير كتفيه، وقال وهو يدفع الباب :
- كل المستشفيات بها مرضى بالغو الخطورة .
تطلَّع الطبيب داخل القسم في فضول، وارتفع حاجباه في دهشة، عندما لم يجد أمامه سوى مريض واحد، أدار عينية إليهما في توتر، وبدت منه حركة تشف عن لهفته لاستقبالهما، فتمتم المدير في ضجر، وهو يزفر متوترًا :- وبالنسبة لنا، عندنا مريض واحد، ولكنه مرهق للغاية .
انعقد حاجبا الشاب في تساؤل، وهو يتطلَّع إلى المريض، الذي أسرع إليهما، والرعب يملأ وجهه، وهتف موجهًا حديثه إليهما مباشرة :- أخرجاني من هنا ..أرجوكما ..حاولا أن تصدقاني ..أخبرا المسؤولين أن الأرض في خطر ..تلك الظلال تخطط لغزوها ..أخبراهم بالله عليكما .
غمغم الطبيب الشاب في دهشة :
- الظلال؟ !
تعلَّق به المريض، قائلًا في انفعال :
- نعم ..الظلال القادمة من ذلك الكوكب لبعيد، في نهاية المجرة ..لقد كشفت خطتهم بالمصادفة، وعلمت أنهم يخططون لغزو الأر ولابد أن أحذر المسؤولين، قبل أن تقع الكارثة ..أخرجني من هنا.. هيا ..أسرع .
حدَّق الطبيب الشاب في وجهه بدهشة، وتمتم :
- لا يمكنني هذا ..إنني مجرَّد ...
قاطعه المريض بصرخة هادرة :
- لا تقل إن هذا ليس بإمكانك ..لابد أن يصدقني أحد ..أريد أن أخرج من هنا ...، قبل أن يقتلوني ..أخرجني من هنا أخرجني من هنا .
صرخ بكلماته، وهو يدفع الطبيب الشاب أمامه في عنف، حتى أنه فقد توازنه، وسقط أرضًا، فوثب المريض يتجاوزه ، وانطلق يعدو خارج المكان، وصرخ المدير :- الحقوا بهذا المجنون ..أعيدوه إلى هنا .
أسرع ثلاثة من الممرضين خلف المريض، الذي حاول أن يراوغهم، إلا أنهم حاصروه، وانقضوا عليه في شراسة، فراح يقاوم في استماتة، وهم يحملونه إلى القسم، وصرخاته تدوي في المكان :- لا ..لا تعيدوني إلى هناك ..أخرجوني بالله عليكم ..أبلغوا المسؤولين .
ألقاه الممرضون فوق فراشه في قسوة، وراحوا يقيدون معصميه إلى حاجزه، فانعقد حاجبا الشاب، وهو يغمغم :- أهذه القسوة ضرورية؟
تنهَّد المدير، وربَّت على كتفه، قائلًا :
- صدقني ..بعد أن تقضي هنا شهرًا واحدًا، لن تنظر إلى الأمر باعتباره قسوة، بل مجرَّد إجراءات أمن .
مطَّ الشاب شفتيه في عدم اقتناع، ولكن المدير قاده بعيدًا، وهو يقول في أسف :- هذا المريض كان معيدًا بكلية العلوم، وكان يعد دراسات عليا حول الفلك والنجوم، عندما أصابته هذه اللوثة بغتة، فراح يدعي أن ظلالًا أتت من كوكب آخر، وتحاول احتلال الأرض ..المسكين!
سأله الطبيب الشاب :

- ولماذا تراوده مثل هذا الفكرة العجيبة؟

هزَّ المدير كتفيه، قائلًا :

- كل مرضى الانفصام الذهاني هكذ ..يسمعون أصواتًا عجيبة، ويستشعرون الخطر من أمور غريبة ..لقد رأيت أحدهم مرة بيرتجف رعبًا، أمام خروف عادي ..تصوَّر .

سأله الطبيب الشاب، وهما يعودان إلى المكتب .

- ولكن الرجل كان معيدًا بكلية العلوم، وهذا يعني أنه يتمتع بذكاء ما، وليس من السهل أن يصاب مثله بالجنون .

لوَّح المدير بيده، و هو يعود للجلوس خلف مكتبه، قائلًا :- لا ينبغي أن تقول أنت بالذات هذا ..كلنا نعلم أن الفارق بين العبقرية والجنون مجرَّد شعرة .

أجابه الطبيب الشاب :

- لست أتحدَّث عن العبقرية، وإنما عن الذكاء العادي .

زفر المدير في ضجر، وبدا من الواضح أن هذا الحديث لا يروق له، وهو يقول :- كلكم تميلون إلى الجدل يا شباب الأطباء .

ثم مال إلى الأمام، واستطرد في حزم :

- وفر أسئلتك هذه الأيام القادمة، فكل شيء هنا سيشغل بالك طويلا، قبل أن تعتاد هذا المناخ .

وعاد يتراجع في مقعده، ويبتسم في شيء من الخبث والشماتة، مستطردًا :- وبالمناسبة ..لقد وصلت في موعدك تمامًا، فنحن نعاني عجزًا في عدد الأطباء، ولم يكن هناك من يتولى النوبتجية الليلية .

سأله الطبيب في دهشة :

- أتعني بالنسبة لليلة؟ !

نهض المدير من خلف مكتبه، والتقط سلسلة مفاتيحه، وهو يجيب :- بل اعتبارًا من هذه اللحظة ..إنها الثالثة ظهرًا ..سأذهب إلى منزلي، و أعود إليك في الثامنة صباحًا ..أنت المدير من الآن ..إلى اللقاء .

حاول الطبيب الشاب أن يعترض، إلا أن المدير لم يمنحه الوقت ليفعل، وإنما أسرع ينصرف تاركًا إياه في مكتبه، فمط شفتيه، وتمتم محنقًا :- ياللسخافة ..إنني لم أستعد لهذا .

لم يكن هناك مجال للتراجع، بعد أن انصرف المدير، وأوكل إليه مهام منصبه، فاستسلم للأمر، وراح يؤدي عمله على خير ما ينبغي، والساعات تمضي في سرعة، حتى غربت الشمس، وبلغ الإرهاق منه مبلغه، فألقى أوامره إلى الممرضين وطبيب الامتياز، واتجه إلى حجرة النوبتجية، ليحظى بقسط من الراحة، و ...

.وفجأة، بلغ مسامعه ذلك الصوت .

صوت رجل ينتحب، ويهمهم بكلمات غير مفهومة، يغلب عليها الحزن والمرارة والأسى ..

وكان الصوت يأتي من قسم المرضى بالغي الخطورة ..

ولنصف دقيقة كاملة، توقف الطبيب الشاب أمام باب القسم، يستمع إلى النحيب و الهمهمة، قبل أن يحسم أمره، ويفتح الباب ، ويدلف إلى المكان .

كان المريض ينتحب ويهمهم بالفعل، ولكنه لم يكد يلمح الطبيب، حتى توقف عن هذا وذاك، وتطلَّع إليه لحظة في صمت ، قبل أن يسأله في حذر :- هل ستخرجني من هنا؟

ألقى الطبيب نظرة على قيود المريض، ليتأكد من أنه لن يستطيع مهاجمته، كما فعل في السابق، ثم اتجه إلى الفراش المجاور له، وهو يجيب :- ليس بعد .

احتقن وجه المريض، وهو يقول في حدة :

- لا وقت لهذا ..سيبدأون خطة الغزو بعد أيام، ولابد من تحذير المسؤولين، قبل فوات الأوان .

سأله الطبيب في حذر :

- وكيف عرفت هذا؟

هتف المريض، وهو يبذل جهده للتخلص من قيوده :

- وما فائدة أن أخبرك؟ ..إنك لن تصدقني ..

- أجابه الطبيب في صرامة :

- لابد أن أعرف .

التقى حاجبا المريض، وهو يتطلَّع إليه في حذر، قبل أن يقول :- وماذا لو أخبرتك؟ ..هل تعدني بأن تساعدني على الخروج من هنا، لو اقتنعت بقصتي؟

أجابه الطبيب في حذر :

- ربما .

صمت المريض بضع لحظات، وهو يتطلَّع إليه، ثم قال :

-لافليكن ..سأروي لك القصة كلها لا.

واعتدل بقدر ما تسمح به قيوده، قبل أن يتابع :

- لقد بدأ كل هذا عندما كنت أقوم بأبحاثي، في مرصد (حلوان).. أيامها كنت شديد الحماس لرسالة (الماجستير) التي ، أعدها، حول الفلك والنجوم، وإمكانية إجراء اتصالات مع حضارات أخرى في الكون، مما دفعني للعمل وحدي، حتى ساعات متأخرة من الليل، بتصريح خاص من مدير المرصد، الذي سمح لي باستخدام كل الإمكانيات المتاحة، التي يمكن أن تساعدني على إتمام رسالتي ..وذات ليلة، انهمكت في العمل حتى وقت متأخر للغاية، وأصابني التعب والإجهاد، فاستلقيت فوق أريكة كبيرة، واستغرقت في النوم .

ارتسم الذعر على وجهه، عندما بلغ هذه النقطة، ولهث في انفعال، وكأنما يستعيد ذكرى مخيفة، قبل أن يتابع :- وعندما استيقظت، كانوا هناك .

سأله الطبيب في حذر :

- من هم؟ !

غلب الانفعال المريض، وهو يجيب :

- الظلال ..الظلال القادمة من كوكب آخر ..لم ينتبهوا إلى وجودي، فراحوا يتحدثون في حرية عن وصولهم إلى هنا، عبر (التليسكوب)الكبير في المرصد، لأنهم يستطيعون الانتقال بسرعات أقرب إلى سرعة الضوء، بسبب طبيعتهم غير المادية .

انعقد حاجبا الطبيب، وهو يغمغم :

- غير المادية؟ ..إكيف يكونون غزاة، بدون جسد مادي؟ !

أجابه المريض بسرعة :

- الحياة لا تحتاج بالضرورة إلى جسد مادي ..ربما كانت هذه قاعدة مسلم بها في كوكبنا فحسب، ولكنها ليست كذلك في أجزاء الكون الأخرى ..تلك المخلوقات بالتحديد ليست سوى شكل من أشكال الطاقة، على هيئة ظل مجرد ..

صمت الطبيب بضع لحظات، قبل أن يهز رأسه، قائلًا :

- معذرة ..لا يمكنني استيعاب فكرة وجود كائن حي عاقل بلا جسد .

قال المريض في توتر :

- ليس المهم هو الجسد ..المهم هو الروح ..والروح ليست جسمًا ماديًا، ولا يمكن أن تكون كذلك ..فماذا لو أن الخالق (عز وجل) قد نفخها في دفقة من الطاقة ..ألن تصبح عندئذ كائنًا حيًا؟

انعقد حاجبا الطبيب مرة أخرى، وكأنما يحاول استيعاب هذا المنطق، قبل أن يسأل في اهتمام :- ولكن، لو أن هذه الظلال مجرَّد كائنات غير مادية، فكيف أمكنك سماع حديثها، حول خطة غزو الأرض ..بل كيف يمكنها أن تتحدث أساسًا؟ !

أجابه المريض في انفعال :

إنها لا تحيا بهيئتها الطبيعية، عندما تصل إلى الأرض، بل تغوص في أجساد البشر، وتسيطر على جزء منها، لتتحرك وتتصرف من خلاله، تمهيدًا للغزو .

بدا الاهتمام على وجه الطبيب، وهو يسأل :

- هذا يعني أن هؤلاء الغزاة يمكن أن يتواجدوا بيننا، دون أن نشعر بوجودهم .

أجابه في حماس :

- بالضبط ..أخيرًا فهمت ما أعنيه ..إنهم يتواجدون بيننا، دون أن نشعر بوجودهم ..بل والأدهى أنهم يختبئون في أعماق أشخاص لا يدركون حتى أن أجسادهم محتلة بوساطة الظلال ..إنهم يحيون حياة طبيعية، حتى تحتاج الظلال إلى أجسادهم، فتبرز على السطح، وتسيطر على عقولهم مرحليًا، وتدفعهم الفعل ما يحلو لهم .

تراجع الطبيب في دهشة، وهو يردّد :

- يا للهول ..إيا للهول !

ثم عاد يميل نحوه، ويسأله في شغف :

- إذن فقد سمعت أنت حديثًا يدور بين رجلين، ممن احتلت كائنات الظلال أجسادهم ..أليس كذلك؟ !

أجابه المريض :

- بلى ..رأيتهما يقفان عند (التليسكوب) ،الكبير، وظل عجيب الهيئة يتراقص على وجهيهما، وهما يتحدثان عن الأمر ويصفان الخطة كلها .

سأله الطبيب في لهفة :

- وماذا فعلت عندئذ؟

زفر في توتر، قبل أن يجيب :

لم أفعل شيئًا ..فقط انكمشت في مكاني، ودعوت الله -(سبحانه وتعالى) ،ألا ينتبها إلى وجودي، وظللت أراقبهما في حذر

وقلبي يدق في قوة، حتى خشيت أن تلفت دقاته انتباههما إليَّ .
تضاعف اهتمام الطبيب، وبدا وكأنه يتابع قصة مثيرة للغاية، وهو يسأل :- ثم ماذا؟
تنهَّد المريض مرة أخرى، وأجاب :
- لم يكن وقوفهما إلى جوار (التليسكوب) الكبير مجرَّد مصادفة، وإنما كانا يستقبلان بعض الوافدين الجدد ..عددًا من الظلال غير المادية، تدفقت عبر العدسة العينية)للتليسكوب (وكأنها ماء يتدفق عبر صنبور صغير، وراحت تتراقص في المكان ،على نحو مخيف، ذكرني بأفلام الرعب الأمريكية القديمة، ووقف الرجلان يشرحان لفريق الوافدين الجدد كيفية احتلال الأجساد والسيطرة عليها لمدة نصف ساعة كاملة، كاد قلبي يتوقف خلالها من شدة الرعب، وأصابني الجفاف من شدة ما أرقت من العرق، قبل أن ينصرف الجميع، ويتركونني في حالة يرثى لها، وقد تجمَّدت من شدة الخوف، ولم أعد قادرًا حتى على التفكير .
اتسعت عينا الطبيب، وهو يتمتم :
- رباه ..!وهل ظلت هكذا طويلًا؟
هزَّ المريض رأسه، وترقرق الدمع في عينيه، وهو يقول :- حتى الصباح التالي ..أعترف أنني لم أجرؤ على التحرك حتى أشرقت الشمس، وكأنما ارتبط الليل في ذهني بالرعب والظلال، ولكنني لم أكد انتزع نفسي من حالة الذعر والجمود هذه، حتي هرعت إلى مدير المركز، وشرحت له ما حدث، ولكنه لم يصدقني بالطبع، وتصوَّر أن كل هذا مجرَّد كابوس، انتابني في أثناء نومي داخل المرصد .
سأله الطبيب :
- ألا يحتمل أنه كذلك؟ !
هتف المريض في حدة :
- مستحيل ..!أنا رجل علم، أدرك جيدًا الفارق بين الحقيقة والكوابيس ..ربما يبدو الأمر بالفعل أشبه بكابوس ثقيل، ولكنه ليس كذلك أبدًا ..!إنه حقيقة ..حقيقة رفض الجميع تصديقها، واتهموني من أجلها بالجنون، وألقوا بي في هذا المكان الحقير .
ارتفع فجأة صوت صارم، يقول :
- وأنت تستحق البقاء فيه إلى الأبد .
التفت المريض والطبيب في سرعة ودهشة إلى مصدر الصوت، وارتسم الرعب على وجه الأول، في حين انعقد حاجبا الثاني، وهو يقول في عصبية :- سيادة المدير ..!يالها من زيارة مفاجئة !
رمقه المدير بنظرة غضب عارمة، قبل أن يجيب في غضب :
- يبدو أنها أتت في موعدها تمامًا ..قل لي بالله عليك :ماذا تفعل هنا؟
نهض الطبيب، مجيبًا في هدوء حازم :
- المفترض أنني مسؤول عن المكان كله، حتى الثامنة من صباح الغد، أليس كذلك؟
بدا الغضب أكثر على وجه المدير، وهو يرمق المريض بنظرته الصارمة هذه المرة، ويقول في حدة :- بلى، ولكن بشرط ألا تفسد الأمور .
أجابه الطبيب في حزم أكثر :
- إنني أؤدي واجبي .
قال المدير في عصبية :
- اسمع يا رجل ..أنت حديث العهد هنا، ولم تدرك بعد طبيعة الأمور، ولو أنك منحت أذنك واهتمامك طويلًا للمرضى ، لانضممت إليهم قبل أن ينقضي شهر واحد .
بدا الضيق على وجه الطبيب، وهو يشير إلى المريض، قائلًا :- مهمة الطبيب النفسي أن يمنح المرضى أذنيه واهتمامه، وإلا فكيف يمكنه مداواتهم؟
قال المدير في حدة :
- ليس كل المرضى ..هذا بالذات مصاب بانفصام ذهاني لا يقبل الجدل، والإنصات إليه إضاعة للوقت بلا جدوى ..هل استمعت إلى قصته؟ ..!هل يبدو لك أي جزء منها منطقيًا؟
أجابه الطبيب صارمًا :
- ربما لا تبدو قصته مألوفة ولكنها تتتابع على نحو منطقي .
التقى حاجبا المدير في شدة، وهو يقول :
- هكذا؟ !
ثم أدار عينيه إلى المريض، مستطردًا بلهجة قاسية :
- إذن فقد صار هذا الرجل خطرًا بالفعل .
- انكمش المريض في مكانه في رعب هائل، وهو يحدق في وجه المدير في ارتياع، في حين قال الطبيب الشاب في عصبية

الرجل يبدو لي عاقلًا للغاية، وذهنه مرتب على نحو يثير الإعجاب..
قال المدير في غضب :
هكذا ..من الواضح أنك لم تدرس مثل هذه الأمور جيدًا، أو لم تتعامل معها بشكل كاف، فكل مرضى الفصام الذهاني يبدون ،غاية في العقل والذكاء، وحسن تنسيق وترتيب الأمور، إلا أنهم في واقع الأمر مجرد مرضى، يعانون خوفًا مبهمًا ومن هلاوس .إسمعية وبصرية ..كيف تصورتهم عندما التحقت بالعمل هنا؟ بلهاء يرتدون طاسات الطهي على رؤوسهم، كما يظهرون في الأفلامالهزلية؟ !
تنهَّد الطبيب، وقال :
- كلا بالتأكيد، ولكن ..
قاطعه المدير في حدة :
- لا يوجد لكن ..سألغي نوبتجيتك منذ هذه اللحظة ..الحق بى في مكتبي، لنناقش هذا الأمر .
ثم التفت إلى المريض، وقال في صرامة :
- أما أنت، فسأعود إليك فيما بعد .
قالها، وغادر المكان كالعاصفة، فانتفض المريض في رعب هائل، وتشبَّث بيد الطبيب، قائلًا :- لا تتركني ..أرجوك ..لقد أثرت غضبه، ولن يسمح لى بالبقاء بعدها قط .
قال الطبيب، محاولًا تهدئته :
- الرجل مسؤول عن المكان كله، ومسؤوليته تثقل كاهله، و ..
قاطعه المريض في عصبية :
- ليست مسألة مسؤولية ..إنه واحد منهم .
اتسعت عينا الطبيب، وهو يقول :
- واحد منهم؟ !
هتف المريض :
بالتأكيد ..كل تصرفاته توحي بهذا ..لقد أبقى عليَّ هنا فقط؛ لأنه واثق من أن أحدًا لن يصدق قصتي، أما الآن، وبعد أن أبديت أنت شيئًا من التفهم والتصديق، فلن يسمح لي بالبقاء .
بدا مزيج من الشك والقلق، على وجه الطبيب، وهو يتطلَّع إلى الباب، الذي عبره المدير منذ لحظات، متمتمًا :- مستحيل له إنه يبدو لي شخصًا عاديًا .
هتف المريض :
بالطبع ..وفيم سيختلف عن غيره ..فقط في اللحظة التي يسيطر فيها الظل الكامن في أعماقه عليه، ستراه يتراقص على وجهه .
صمت الطبيب طويلًا، وهو يتطلَّع إلى الباب، فهزَّ المريض يده، قائلًا :- لا تفقد ثقتك الآن بما أقول ..أنت أملي الوحيد ..قل : إنك تصدقني ..قلها بالله عليك .
ظل الطبيب على صمته لحظات أخرى، قبل أن يجيب فى بطء و عمق :- نعم ..أنا أصدقك .
ثم أخرج من جيبه محقنًا، وتطلع إلى السائل الرائق داخله، قبل أن يضيف :- وهنا تكمن المشكلة .
حدَّق المريض في وجهه بدهشة، ولم يقاومه وهو يغرس المحقن في ذراعه، ويدفع السائل الرائق في عروقه، وإنما تمتم في ارتياع :- أنت؟ !
أومأ الطبيب برأسه إيجابًا، وقال :
نعم يا رجل ..لقد صدقتك ..عقلي ومشاعري البشرية استجابت لك، وهذا يعني أنه من المحتمل أن يحدث هذا لآخر في المستقبل القريب، وينكشف السر، وتفشل خطة الغزو كلها.
انتفض جسد المريض في عنف، والسم يسري في عروقه، وراح جسده ينهار تدريجيًا في سرعة، والدنيا تظلم أمام عينيه .
وقبل أن يلقى حتفه، كان آخر ما وقع عليه بصره وجه الطبيب، الذي بدا هادئًا، جامدًا، يخلو من أية انفعالات، وفوقه يتراقص ظل .
ظل عجيب الشكل .

☆☆☆

الكواكب الأخرى

نهض الكاتب الصحفي(مروان عبد القادر) من خلف مكتبه، ليستقبل ذلك الضيف الشاحب النحيل، صاحب النظرات الحادة الثاقبة، الذي يصرّ على طلب مقابلته، منذ أسبوع كامل، وحاول أن يرسم على شفتيه ابتسامة ترحاب، وهو يقول :- دكتور(أمجد) أليس كذلك؟ !

أومأ الضيف برأسه إيجابًا، وهو يتطلّع إليه في صمت، بنظرة خُيّل إليه أنها قد اخترقت كيانه، ونفذت مباشرة إلى أعماقه ، فتابع في توتر، وقد عجزت تلك الابتسامة الزائفة عن القفز إلى شفتيه المرتجفتين :- أخبروني أنك تصر على مقابلتي شخصيًا .

رمقه الضيف بنفس النظرة، وهو يجيب في اقتضاب :- هذا صحيح .

شعر(مروان) بتوتر بالغ، تمنى معه أن يطرد الرجل من مكتبه، ولكن رغبته في الظهور بمظهر الأديب المفكر، الواسع الصدر ، جعلته يدعوه إلى الجلوس، ثم يسأله في اهتمام مصطنع :- خيرًا ..لماذا أردت رؤيتي شخصيًا؟

تقارب حاجبا الرجل، وهو يجيب في شيء من الصرامة :- بسبب ذلك المقال، الذي نشرته منذ ثمانية أيام بالتحديد .

تراجع(مروان) في مقعده، وسأله في حذر، لم يدر له سببًا :- أي مقال؟ !

أشار الرجل بيده، مجيبًا :

- ذلك المقال، الذي سخرت فيه من إصرار (آسر فهيم)، على حتمية وجود كائنات عاقلة في كواكب أخرى .

صمت(مروان)بعض الوقت، وهو يتطلّع إلى الرجل، ثم لم يلبث أن ابتسم في سخرية، وقال بلهجة تحمل كل الاستهتار :- آه .. فهمت .

ثم مال نحو الضيف، قائلًا:

أنت صديق لـ -(آسر فهيم)أليس كذلك؟ . !

هزّ الرجل رأسه نفيًا، وهو يجيب :

- ليس بصفة شخصية ..إنني أتابع كتبه ومقالاته منذ فترة .

لوّح((مروان)بيده، وهو يقول :

- إذن فأنت أحد معجبيه ، وأتيت لتهاجم مقالي، و

...قاطعه الرجل في حزم شديد ...

- الهجوم المجرّد أمر غير علمي أو عملي على الإطلاق ..إنني هنا لمناقشتك فيما كتبته فحسب .

لم يقتنع((مروان) بالجواب، وراوده شعور بأن هذا الرجل الجالس أمامه، قد أتى لمجرد الهجوم عليه بالفعل، مهما أحاط هذا بمبررات أنيقة، أو منطق مدروس ..

ومن أعماقه، تصاعدت رغبة عارمة في استفزازه .

رغبة منعه جزء من شعور الطفولة داخله من كبحها، فاعتدل بحركة حادة، وهو يفرغها على لسانه، قائلًا :- (آسر فهيم)هذا مجرّد أفاق .

تراجع الضيف بحركة حادة، هاتفًا في استنكار :- أفاق؟ !

أجابة(مروان) :في عنف شامت

- نعم ..أفاق ومدع أيضًا ..إنه لا يفقه شيئًا في فن الكتابة الحقة، وإنما يعزف على مشاعر القراء، وعدم معرفتهم بما يكتبه ، مما يمنحه فرصة إبهارهم بقصص وروايات وهمية، يدعي كونها حقائق مجردة ..عملية نصب أدبية مدروسة .

صمت الضيف طويلًا، وهو يتطلّع إليه في عتاب، جعله يواصل بلهجة أكثر استفزازية وهجومية :- وفي موضوع مخلوقات الكواكب الأخرى هذا، بلغ خداعه مبلغه ..إنه يدّعي وجود كائنات من كوكب آخر على الأرض، لها نفس ملامحنا وسماتنا الخارجية، بحيث يمكنها الاندماج بيننا لفترة طويلة، دون أن نعلم أو نشعر بوجودها ..هل سمعت مثل هذا الهراء من قبل؟ !

غمغم الضيف :

- الواقع أنني ..

ولكن(مروان) قاطعه، متابعًا في صوت مرتفع، يتقاطر سخرية وشماتة: - ليس هذا فحسب، ولكنه يدّعي أن هذه الكائنات باردة كالثلج، ولها قوة الثيران، كما يمكنها اختراق الجدران والأبواب المغلقة ..يا للسخافة إنه حتى لم يستطع إتقان خدعته .

انعقد حاجبا الضيف مرة أخرى، وقال :

- هل تعلم من أين أتى (آسر فهيم)!هذا؟

لوّح(مروان) بيده، قائلًا :

ومن يعنيه أمر -(آسر فهيم) هذا؟ إفليأت من مدينة، أو قرية، أو حتى من الجحيم نفسه ..إنه مجرّد أفاق محتال، لن أشغل نفسي بأمره قط.

تطلَّع الرجل إلى عينيه مباشرة، وقال :
- ولكنك فعلت ..ألم تهاجمه بمقال كامل؟ !
قال(مروان) في حدة :
- لقد هاجمت خزعبلاته السخيفة، ولم أهتم بمهاجمته شخصيًا .
صمت الرجل بضع لحظات، ثم مال نحوه، يسأله في اهتمام :- فليكن ..ما تصورك للكائنات الموجودة في الكواكب الأخرى؟ !
عاد(مروان) ..يبتسم في سخرية، ويتراجع في مقعده، قائلًا :- أية كائنات؟ وأية كواكب أخرى؟ !كل هذا مجرَّد هراء يا رجل لست أؤمن بوجود أية كائنات، خارج كوكب الأرض .
بدا الاهتمام على الرجل، وهو يسأله :
- حقًا !؟
أجابة (مروان) في حماس :
- بالطبع يا رجل ..لا توجد مخلوقات حية سوى في كوكب الأرض وحده ..هذه هي الحقيقة، وكل ما عداها هراء .
أومأ الرجل برأسه متفهمًا، وقال في تردّد :- ولكن)آسر فهيم (يؤكد أن لديه أدلة، و ...
قاطعه(مروان) بضحكة عصبية مجلجلة، قبل أن يقول :- أدلة؟ !دعه يبلّل أدلته هذه ويشربها مع خيبته وغبائه ..تلك الأدلة المزعومة لا يمكن أن تقنع سوى البلهاء والحمقى وحدهم، أما أنا فلا ..
ارتسمت ابتسامة باهتة على شفتي الرجل، وهو يقول :- ألن تطالع تلك الأدلة أولًا؟ !
لوَّح((مروان) بذراعه كلها، قائلًا في إصرار حازم :- كلا ..لن ألقى عليها نظرة واحدة، ولن أؤمن بوجود أية مخلوقات حية خارج كوكب الأرض، حتى ولو امتلأت الأرض كلها بهم .
مطَّ الضيف شفتيه، مغمغمًا :
- إذن فلا فائدة من النقاش .
ثم نهض، وابتسامته تتسع، ومد يده إلى (مروان) قائلًا :- إلى اللقاء يا أستاذ ، (..مروان) .لقد أفادتني مقابلتك كثيرًا
مدَّ(مروان) يده؛ ليصافحه، وهو يقول :
- لا بأس ..لا بأس ..صحيح أننا لم نتفق، ولكن ..
بتر عبارته بغتة، عندما أصـبحت يده بين أصـابع باردة كالثلج، قوية كالفولاذ، أطبقت على اليد في عنف، حتى كادت تعتصرها، ورأي عيني الضيف تتسعان وتبرقان بلون فيروزى مخيف، وهو يقول بصوته القوى الساخر :- ماذا حدث ياسيِّد (مروان..) هل شعرت بالدهشة؟ !
ارتجف جسد (مروان)في عنف، وحاول أن يجذب يده من الأصابع الفولاذية، وهو يهتف :- من أنت؟ !من أنت بالله عليك؟ !
مال الضيف نحوه، وبدت عيناه أشبه بجمرتين متقدتين، وهو يتطلَّع بهما إلى عيني(مروان) الذي كاد يفقد الوعي من فرط الرعب، والضيف يقول :- اسمي ليس الدكتور (أمجد)..كما أخبرتك سكرتيرتك ،
اسمي، الذي أستخدمه في كوكبكم هو(آسر).(آسر فهيم) ..
قالها، وأطلق ضحكة عجيبة، ثم أفلت يد(مروان) الذي سقط على مقعده، يرتجف كريشة في مهب الريح، وعيناه تحدقان ، في ضيفة، الذي واصل ضحكاته، وهو يتجه إلى الجدار، ويخترقه، ويختفي داخله تمامًا ..
لحظتها فقط، قفز إلى رأس(مروان)سؤال واحد ..
كيف تهدمت جميع مبادؤه فيما يخص وجود حياة على كواكب أخرى في ثانية واحدة؟
كيف؟؟

☆☆☆

المؤامرة

كل شيء كان يوحي بالهدوء، في تلك الليلة ..

الطقس معتدل دافئ، على نحو محبَّب، بالنسبة لمنتصف الشتاء، والبدر يتوسَّط السماء، التي خلت تمامًا من الغيوم، فتألقت فيها ملايين النجوم، كحبَّات من اللؤلؤ، وسط مخمل أسود رقيق ..

حتى التلفاز، كان يبث برنامجًا جيدًا للغاية، شد انتباه الجميع، حتى إن الشوارع خلت - أو كادت - من المارة، على الرغم من أن عقارب الساعة لم تكن قد تجاوزت العاشرة والنصف مساء، و ...

وفجأة، انطلقت تلك الصرخة ..

" لص ..لص ..أمسكوا اللص "..

كانت أوَّل مرة يحدث فيها هذا في المنطقة، منذ انتقلت وأسرتي للسكني فيها على الأقل، لذا فقد أسرعت مع زوجتي إلى الشرفة؛ لنستطلع الأمر، ونقف على أمر ذلك اللص ..

كانت الصيحات تنطلق من البناية المقابلة لنا تمامًا، وبالتحديد من نافذة في الطابق الرابع، يطلّ منها رجل في حدود الستين ..من عمره، يشير إلى الحديقة الصغيرة في انفعال، هاتفًا :- لقد رأيته ..كان يتسلَّق المواسير المطلة على الحديقة ..لقد رأيته أمسكوا اللص .

وانتقل انفعاله إلى الجميع بسرعة مدهشة ..

أنا وزوجتي، وفتاة شابة، تقف مذعورة، في شرفة الطابق الثاني، المطلة على الحديقة، وعدد من شباب المنطقة، اعتادوا قضاء أمسياتهم على ناصية الشارع ..

الجميع راحوا يتحركون في انفعال جارف، والرجل يواصل صرخاته :- ابحثوا في الحديقة ..لقد رأيته بنفسي .

وهتفت زوجتي :

- ألن يفعل أحد شيئًا؟ !

أطلقت هتافها، وأنا أتطلَّع إلى الشباب، الذين راحوا يتحدثون في انفعال ملحوظ، وبصوت غير مسموع، قبل أن يهتف أحدهم، مشيرًا إلى الرجل :- اطمئن يا عم(راضي ..) سنبحث عنه .

لم أكن أميل كثيرًا إلى هؤلاء الشبان، وأوقاتهم التي يهدرونها مع طاقاتهم، على ناصية الطريق، إلا أنني، والحق يقال ، شعرت بالفخر والتقدير لهم، عندما اندفع خمسة منهم في جسارة إلى الحديقة، واختفوا في ظلمتها، وعم (راضي) يتابع، وهو يلوِّح بذراعيه :- أضيئوا أنوار الحديقة ..ستجدونه مختبئًا هناك حتمًا .

جاوبة الصمت لبضع دقائق، انفتحت خلالها كل النوافذ؛ ليطلّ سكان البنايات المطلة على الحديقة، قبل أن يشعل أحد الشبان أضواءها، على نحو جعلها مكشوفة للجميع، في نفس اللحظة التي ارتفع فيها صوت شاب آخر يهتف :- لا يوجد أحد هنا يا عم (راضي) .

تراجع عم(راضي) بحركة عنيفة، كما لو أنه قد تلقى صدمة قوية، وحدق بضع لحظات في الحديقة المضاءة، قبل أن يقول في عصبية .ولكنني رأيته ..رأيته يتسلَّق المواسير في الحديقة - :

شعرت بالكثير من الشفقة على الرجل، الذي بدا شديد الارتباك، وهو يواجه نظرات السخط والضيق والاستنكار، من أولئك الذين انتزعتهم صيحاته من أمام التلفاز، وحرمتهم من متابعة البرنامج الجيد، وراح الكل يتراجعون إلى داخل منازلهم، في حين عدَّل عم(راضي)منظاره الطبي، وهو يقول مرتبكًا :- لقد رأيته ..

ثم لم يلبث أن انسحب إلى شقته في هدوء وخجل، في نفس اللحظة التي أطفأ فيها الشبان أضواء الحديقة، وبلغت همهماتهم غير المفهومة مسامعي، وزوجتي تغمغم في أسى :- مسكين عم (راضي)يبدو أن منظاره يحتاج إلى تغيير ..

وعادت تتابع البرنامج، في حين بقيت أنا قليلًا في الشرفة، أتابع خروج الشبان الستة من الحديقة، وهم يتضاحكون، و ...

ولكن مهلًا ..

إنهم بالفعل ستة شبان !!

لقد أحصيتهم مرتين ..

وأنا واثق من أنهم كانوا خمسة فحسب، عندما اندفعوا إلى الحديقة ..

وبسرعة، قفزت فكرة ما إلى ذهني، فرفعت عينيَّ إلى تلك الفتاة، في شرفة الطابق الثاني، ولمحت ابتسامة الارتياح على شفتيها، وهي تتراجع بدورها إلى المنزل، مغلقة الشرفة خلفها ..

وعندئذ فهمت ..

فهمت سر شجاعة الشبان الخمسة، وبسالتهم وهم يقتحمون الحديقة، بحثًا عن اللص المزعوم ..

ودون أن أملك نفسي، انطلقت من حلقي ضحكة مجلجلة ..
ضحكة أدهشت الشبان، وأغضبت حتمًا عم(راضي) ، الذي سيتصوَّر أنها موجَّهة إليه ..
والذي لن يتصوَّر ابدًا أنه، وعلى الرغم مما رآه، لم يفهم الحقيقة ..
حقيقة اللص ..
وحقيقة المؤامرة ..

☆☆☆

هل تمنع الحسد؟

" مبروك السيارة الجديدة ".
نطقت(ريهام) الجملة بلهجة عذبة وألفاظ أنيقة، وانحنت لتطبع قبلة على خد زوجها ،(رامي) الذي اتسعت ابتسامته، وهو ، يردّ لها قبلتها، قائلًا :- أشكرك يا زوجتي العزيزة ..لولاك ما استطعنا شراء سيارة جديدة قط .
ضحكت في دلال، قائلة :
- أنت الذي عمل بجهد أكثر طوال العام .
قال في حماس :
- ولولا صبرك وتشجيعك وحماسك، لما أمكنني هذا .
ضحكت مرة أخرى، وقد أسعدتها كلماته، ثم قالت بلهجة ذات مغزى خاص :- أحضرت لك هدية بهذه المناسبة .
اعتدل قائلًا في لهفة :
- هدية؟ ..إحقًا؟ !
أومأت برأسها إيجابًا، وهي تخرج من حقيبتها خرزة كبيرة زرقاء، تتدلَّى من سلسلة ذهبية أنيقة، فسألها في دهشة :- ما هذه بالضبط؟
انحنت تطبع قبلة أخرى على خده، قائلة :- خرزة زرقاء، لتعلقها في المرآة الداخلية للسيارة الجديدة .
سألها في اهتمام :
- هل تعتقدين أن لونها يناسب لون السيارة الأخضر؟ !
ضحكت، قائلة :
- لايهم ما إذا كان لونها يناسبه أم لا، فمن المحتم أن تكون زرقاء هكذا .
بدت عليه الحيرة بضع لحظات، قبل أن يسأل بابتسامة مرتبكة :- ولماذا زرقاء بالتحديد؟
أجابت في حماس :
- حتي تبعد عنك العين، وتمنع الحسد .
قال في اندهاش :
- الحسد؟ !
وانفجر ضاحكًا في مرح، فانعقد حاجباها، وهي تقول :- لا تسخر من الحسد ..لقد أتى ذكره في القرآن .
تصنع الجدية، وهو يسألها :- وهل ارتبط هذا بضرورة تعليق خرزة زرقاء، في المرآة الداخلية لأية سيارة جديدة؟
ازداد انعقاد حاجبيها، وهي تقول في غضب :- الجميع يفعلون هذا .
ضحك في مرح، وربَّت على كتفها في حرارة، قائلًا :- لا بأس ..لا داعي لكل هذا الغضب ..سأعلِّقها في المرآة الداخلية، ما دام هذا يسعدك .
قالت في حنق :
- ليس لمجرَّد أن هذا يسعدني ..المفترض أن تقتنع .
هزَّ كتفيه، قائلًا :
- ليس من الضروري أن أفعل، فأنا رجل عقلاني تمامًا، بحكم دراستي العلمية وتكويني، ولن يمكنك إقناعي بهذه الأمور قط .
قالت في حدة :
- أنت تعتبرها مجرَّد خزعبلات ..أليس كذلك؟
هتف مبتسمًا :
- بل هي أمور عظيمة ..عظيمة تمامًا .
صاحت غاضبة :
- هل تسخر مني؟
نهض من مقعده، واحتواها بين ذراعيه، وهو يقول :- مطلقًا ..أقسم لك إنني مقتنع تمامًا ..لا داعي للغضب، حتى لا نفسد مناسبة سعيدة كهذه .
ناولته الخرزة الزرقاء الكبيرة، قائلة :- علقها الآن إذن .
التقطها، قائلًا في مرح :-
فليكن .
انهمك بضع لحظات في تعليق الخرزة الزرقاء الكبيرة، التي تدلت من المرآة بسلسلتها الذهبية الأنيقة، و هو يهتف مجاملًا :

- رائعة ..لست أدري ماذا كان يمكن أن أفعل بدونك .

ابتسمت في سعادة، هاتفة :

- أرأيت؟ !

شعرت بالكثير من الارتياح والثقة، وهي تلوح له بيدها، عندما انصرف إلى عمله بالسيارة الجديدة، وانهمكت بعدها في أعمالها المنزلية، وفي العناية بطفلهما الصغير، حتى فوجئت به يعود إلى المنزل بعد ساعة واحدة، وهيئته توحي بأنه خرج على التو من معركة طاحنة، فهتفت به مذعورة .

- ماذا حدث؟

أجابها بعينين زائغتين :

- السيارة الجديدة تحطَّمت تمامًا ..أصبحت مجرد خردة .

صرخت في ارتياع :

- كيف؟

،لوَّح بيديه في حنق، مجيبًا :- الطريق الرئيسي كان مزدحمًا بشدة، وأردت اختصار المسافة، فاتخذت الطريق الفرعي القديم الذي يقطع شريط السكة الحديد، وبينما كنت أعبره، ظهر القطار فجأة، فضغت دواسة الوقود بكل قوتي، وانحرفت بالسيارة يسارًا، وكدت أتجاوز الشريط بسرعة، لولا أن ارتطم شيء ما بوجهي، فارتبكت، وبقيت مؤخرة السيارة فوق الشريط، مما أدى إلى ارتطام القطار بها، ولولا رحمة الله (سبحانه وتعالى)، لما خرجت من هذا الحادث البشع حيًا أبدًا .

انهارت على أقرب مقعد إليها، وهي تهتف :- مستحيل ..!مستحيل ..!إننا لم تسدد باقي ثمنها بعد .

صاح في غيظ شديد :

- ولكنني احتفظت بذلك الشيء، الذي ارتطم بوجهي في اللحظة الحرجة، وأربكني، ففقدت السيطرة على السيارة، ووقع الحادث .

قالها وهو يفرد يده أمامها، فتجمَّدت دموعها في مقلتيها بغتة، وخفق قلبها في عنف .

ففي راحته، كانت تستقر هديتها ..

الخرزة الزرقاء .

☆☆☆

حدث بالفعل

من المؤكد أن هذه القصة ستبدو للعديدين أشبه بالميلودراما الشهيرة، لأفلام المخرج الراحل(حسن الإمام) ومن المؤكد أيضًا أن العديدين يعتبرونها مثالًا للرومانسية النمطية، التي انتهى عهدها، ولم تعد مقبولة في هذا العصر، الذي سيطرت عليه الماديات، وانكمشت فيه مساحة العواطف والروحانيات، ولكن دافعي الرئيسي لكتابتها هي أنها قصة واقعية، عاصرت بدايتها ونهايتها بنفسي، وأثارت في أعماقي الكثير والكثير من المشاعر والانفعالات ..

والعشرات و العشرات من الأفكار والتحليلات ..

ولقد بدأت القصة مع أيامي الأولى في(القاهرة) التي انتقلت إليها من بلدتي الصغيرة، كخطوة حتمية للاقتراب من مواقع ، العمل، واختصار الوقت الضخم، الذي أفقده في السفر إليها منها يوميًا .

ففي تلك الأيام، كنت أجلس مع صديق جديد، من أصدقاء العمل، نناقش فكرة جديدة، عندما دخل الساعي، وهمس في أذنه بأن سيدة تطلب مقابلته، ولم يكد يذكر له اسمها، حتى انتفض صديقي في اهتمام شديد، وقال للساعي في حماس :- دعها تدخل على الفور .

ونهض بنفسه لاستقبال السيدة، التي بدت لي شابة في منتصف العشرينات، هادئة الملامح إلى حد كبير، وإن ارتسمت على ،وجهها، وأطلت من عينيها لمحة حزن واضحة، أفسدت الكثير من سمات جمالها البسيط، وأضفت عليها عصرًا إضافيًا زائفًا وبؤسًا واضحًا، زاد من عمقه ذلك الطفل، الذي لم يتجاوز عامه الأوّل، والذي تحمله في رفق، وتضمه إليها في حنان، يخيّل إليك أنه يكفي لإسعاد نصف أطفال الأرض دفعة واحدة ..

وعندما حاولت مغادرة الحجرة، لأفسح لهما المجال الحديث بحرية، أصرّ صديقي على بقائي، وانتحى من السيِّدة المتشحة بالسواد ركنًا من أركان مكتبه، وراح يتبادل معها حديثًا خافتًا، انهمرت خلاله دموعها في غزارة، حتى كدت أشاركها إياها، من شدة انفعالي وتأثري ..

وتوقعت أن يعرض صديقي عليها بعض المال، أو أن ينهض ليجري بعض الاتصالات بشأنها، إلا أن هذا أو ذاك لم يحدث ، وإنما انتهى الحديث بينهما بعد دقائق عشر لم تزد، نهضت هي بعدها، ومسحت دموعها وهي تصافحه، قبل أن تنصرف بنفس الصمت والهدوء، اللذين دلفت بهما إلى الحجرة ..

وعاد صديقي إلى مكتبه، وهو يطلق من أعمق أعماق صدره زفرة حارة، ويهز رأسه مشفقًا، ويغمغم :- يا للبؤس !

،وعلى الرغم من فضولي الشديد، لمعرفة ذلك السر، الذي يختفي خلف تلك المرأة الحزينة إلا أنني لم أجرؤ على سؤاله عنها خشية أن يكون في ذلك تدخل فيما لا يعنيني، فأنال ما لا يرضيني، إلا أنه تطوّع بالحديث، قائلًا :- إنها إحدى قريباتي من الدرجة الثانية، توفي زوجها منذ ثلاثة أشهر، وترك لها ابنة لم تبلغ عامها الأول بعد .

شجعني حديثه على أن أقول :

- كنت أتوقع هذا، ولكنني تصوَّرت في الواقع أن زوجها توفي منذ فترة أقصر .

تنهَّد مرة أخرى، ولوَّح بيده، قائلًا :- من المؤكد أن جزءًا كبيرًا من حزنها يعود إلى فقد زوجها، ولكن الجزء الآخر يرجع إلى المشكلات العديدة، التي أحاطت بها بعد موته .

هممت بسؤاله عن تلك المشكلات، أو بعرض استعدادي للمساعدة في حلها، إلا أنني أحجمت عن هذا، خشية أن أسيء إليه أو إليها بهذا، ولكنه واصل في بساطة :- عائلة زوجها الراحل تمتلك متجرًا لبيع الذهب والمجوهرات، وكان هو يمتلك ربعه، بعد وفاة والده، وتوزيع التركة عليه وعلى أشقائه .

قلت في اهتمام :

- أعتقد أنه في حال وفاته، ستحصل ابنتها على ثلث نصيبه، وتحصل هي على الثمن، ويوزع الباقي على أشقائه ..

تنهد في أسف، قائلًا :

- ولكنهم يرفضون هذا تمامًا .

قلت في دهشة :

- يرفضونه؟ ..!ولكن ليس لهم الحق في هذا، قانونًا أو شرعًا ..إنها قوانين المواريث، المأخوذة من القرآن مباشرة .

هزَّ رأسه في أسى، قبل أن يقول :

- المشكلة أن تقييم تركة كهذه أمر شاق للغاية، فأشقاء زوجها الراحل يمكنهم إخفاء معظم البضائع في المتجر، كما يمكنهم وضع عقبات عديدة في طريقها، وهي وحيدة كما ترى، ولا يمكنها التصدي لهم .

سألته في حيرة :

- ولماذا يفعلون هذا؟ ..المفترض أنهم أثرياء إلى حد كبير، وهي زوجة شقيقهم الراحل، ونصيبها ليس ضخمًا؟

رفع رأسه وقال في حزن :

المشكلة أنها تريد أن تظل شريكة لهم بنصيبها ونصيب ابنتها من الميراث، إلا أنهم يرفضون ذلك تمامًا .ويصرون على منحها قدرًا من المال فحسب، على ألا يكون لها أدنى نصيب من أسهم المتجر .

تضاعفت حيرتي، وأنا أسأله :

- وما حكمتهم في هذا؟

تنهَّد، قائلًا :

يقولون إنها من الممكن أن تتزوج مستقبلًا، ويصبح زوجها شريكًا لهم بالتبعية، وهم يرفضون أن يشاركهم أي غريب عملهم .

قلت في أسى :

- ولكنه حقها !

هزَّ رأسه مرة أخرى، قبل أن يقول :- ومن ينظر إلى الحقوق والواجبات في هذا الزمن؟

أحنقني الموقف كثيرًا، وضايقني أن يتعامل أشقاء مع زوجة شقيقهم الراحل بهذه القسوة، وأن يستغلوا قوتهم في مواجهة ضعفها، لإجبارها على التنازل عن حق منحها إياه الله (سبحانه وتعالى)، وأيدته القوانين الوضعية، وسألت صديقي في ألم :- وماذا ستفعل؟

أجابني في خفوت :

- بل قل ماذا فعلت ..لقد أخبرتني الآن أنها قبلت عرضهم مرغمة، فهي تحتاج وابنتها إلى النقود، وتعلم أنها لن تستطيع التصدي لسطوتهم واتصالاتهم قط .

سألته في اهتمام :

- وهل منحوها من النقود ما يساوي حقها؟

هز رأسه نفيًا، وهو يجيب :

- ليتهم فعلوا ..فلربما احتفظت عندئذ بشيء من احترامهم في أعماقي ..لقد أعطوها مائتين وخمسين ألفًا من الجنيهات على ، الرغم من أن الخبراء المحايدين قدروا نصيبها ونصيب ابنتها بمليون جنيه دفعة واحدة ..

ثم مال نحوي، مستطردًا :

ولكن ثق في أن صفقتهم ليست رابحة كما يتصورُّون، فالله -(سبحانه وتعالى) .يمهل ولا يهمل

أيدت قوله بمنتهى الحماس، ثم طرحنا هذا الأمر جانبًا، وعدنا نناقش فكرتنا الجديدة، وكيفية إخراجها إلى النور، وإن لم تفارق صورة الأرملة الحزينة رأسي بسهولة، وظللت أفكر في موقفها، وموقف أشقاء زوجها الراحل لعدة أيام .ثم لم يلبث الأمر كله أن انزاح من ذهني، مع مشكلات العمل والحياة، حتى نسيته تمامًا مع مرور الوقت .

ومضى على هذه الواقعة أربعة أعوام كاملة، انمحي خلالها كل أثر لها من أعماقي، ثم كان يوم، ذهبت فيه لزيارة صديقي ،هذا، دون موعد سابق، وعندما دخلت إلى مكتبه، نهض لاستقبالي في حرارة، وقدم لي سيدة أنيقة باسمة، تجلس في مكتبه فصافحتني بابتسامة عذبة صافية، وبقيت بضع دقائق، عرضت هي خلالها على صديقي خاتمين من الماس، انتقى أحدهما لزوجته، ومنحها شيكًا بثمنه، ثم انصرفت وهي تدعوني لزيارة متجرها مع زوجتي، لمشاهدة معروضاتها الفريدة .

ولم تكد تلك السيدة الأنيقة تغلق الباب خلفها، حتى مال زميلي نحوي، وسألني في لهفة عجيبة :- ألا تذكرها؟

انعقد حاجباي في محاولة للتذكر، وأنا أقول :- الواقع أن ملامحها مألوفة إلى حد ما، ولكنني لست أذكر متى رأيتها بالضبط وأين .

اتسعت ابتسامته، وهو يقول :

لقد التقيت بها هنا، في مكتبي، منذ أربع سنوات تقريبًا، ولكنها كانت - حينذاك - أرملة متشحة بالسواد، تحمل طفلة لم تتجاوز عامها الأول بعد .

استعاد ذهني الموقف كله فجأة، ووجدت نفسي أهتف في دهشة :- أمن المعقول هذا؟ !

أومأ برأسه إيجابًا، و هو يبتسم، قائلًا :- اختلفت كثيرًا ..أليس كذلك؟

قلت في حماس :

- بل اختلفت تمامًا ..لم تعد أبدًا تلك الأرملة الحزينة البائسة ..لا ريب في أن تطورات عديدة قد حدثت، خلال هذه السنوات الأربع تراجع في مقعده، قائلًا :

- لو أخبرتك بما حدث، لن تصدق نفسك .

سألته في لهفة :

- وماذا حدث بالضبط؟

أجابني في حماس :

- أنت تذكر أن أشقاء زوجها أعطوها مائتين وخمسين ألف جنيها، تعويضًا عن نصيبها في تركته، وأقنعوا المجلس الحسبي بأن هذا كل ما تستحقه، ورضخت هي للأمر تمامًا، واكتفت بوضع المبلغ في البنك كوديعة، والإنفاق من أرباحه على

نفسها وابنتها .في حين حصلت على عمل بسيط في شركة كبرى من شركات الاستثمار، بذلت فيه أقصى جهدها وطاقتها، في محاولة لنسيان زوجها الراحل، وتأمين مستقبلها إلى حد ما ..ولأنها أمينة ومخلصة، وقليلة الكلام والشكوى، ترقت في عملها خلال عام واحد، وأصبحت مسؤولة عن مصروفات الشركة، وعمليات الإحلال والتجديد، مما جعل علاقتها بصاحب الشركة ،مباشرة حيث كانت تحتاج إلى توقيعه قبل إصدار أية شيكات، أو دفع أية مصروفات .

واتسعت ابتسامته، وهو يضيف :

- ثم تزوجا .

هتفت في دهشة :

- تزوجت صاحب الشركة ؟ ! أومأ برأسه إيجابًا، وهو يقول :

- نعم ..تزوَّجته ..كان أرملًا أيضًا منذ ثلاثة أعوام، ووجد فيها النضج والتهذيب والاحترام، وشعر أنها تصلح كزوجة لرجل مثله، فلم يتردَّد في طلب يدها، وعقد قرانه عليها، ونجح زواجهما بفضل هدوئها وحكمتها، وأنجبت منه طفلة أخرى، لم يفرق أبدًا في المعاملة، بينها وبين طفلتها من زوجها السابق.

شعرت بالارتياح لحديثه، وأنا أقول :- حمدًا لله ..لقد عوضها عن مأساتها خيرًا .

أشار بسبَّابته، قائلًا :

- مهلًا يا صديقي، فالأحداث المثيرة لم تبدأ بعد .

سألته في دهشة :

- هل تطوَّرت الأحداث أكثر؟

أجاب مبتسمًا :

- بالتأكيد، ومن جانب أشقاء زوجها هذه المرة .

ملت نحوه، أسأله في لهفة :

- وكيف؟

أجابني في حماس واضح :

- طمعهم دفعهم إلى القيام بمحاولة لتهريب الألماس، ألقوا خلالها بكل ما لديهم من أموال سائلة، وبكل ما اقترضوه من البنوك، على أمل نجاح المحاولة، وتحقيق أرباح خرافية، ولكن محاولتهم فشلت، وألقت الشرطة القبض عليهم، واضطروا للتنازل عن الصفقة كلها، في مقابل عدم مواصلة الإجراءات، وإقامة الدعوى الجنائية ضدهم، فتمت مصادرة الألماس، وخسروا كل ثروتهم، وأصبحوا مدينين بما يقرب من أربعة ملايين جنيه .

قلت مبهورًا :

- سبحان الله ..يمهل ولا يهمل .

أجابني في حماس أكبر :

- انتظر يا رجل، مازال للقصة بقية .

هتفت :

- أكثر من هذا؟ !

أجاب ضاحكًا :

- أكثر بكثير، فعندما أفلسوا، اضطروا لبيع فيلتهم الفاخرة، ومتجر المجوهرات والذهب، فتقدَّم زوج قريبتي لشرائهما ، وجعل عقود البيع والشراء كلها باسمها، فأصبحت هي المالكة الفعلية للفيلا، ومتجر الذهب والمجوهرات، الذي كان لزوجها الراحل ربعه فحسب .

انفغر فاهي وأنا أحدِّق في وجهه غير مصدق، وهو يتابع في ارتياح :- هل رأيت كيف أنه من الخطأ أن تفكر بحدود الله (سبحانه وتعالى) ؟ ..!لقد أرادوا حرمانها من بضعة ألوف من الجنيهات، ومن نصيب ضئيل في شركتهم فمنحها الله(عز وجل) شركتهم كلها، وأصبحوا هم مجرَّد موظفين لديها ..صدقني يا رجل ..الله(سبحانه وتعالى) يمهل ولا يهمل أبدًا، وهو خير الماكرين ..

لم أستطع التعليق على حديثه هذه المرة، فقد انعقد لساني من شدة انبهاري ودهشتي، وغادرت مكتبه وأنا أضرب كفًا بكف ، ،وأتساءل :هل سيصدِّق قرائي القصة لو كتبتها؟ ..!هل سيصدقون أن ما يحدث في الحياة، يفوق كل ما نراه على شاشات السينما في أفلام الميلودراما العتيقة؟ !

ولكنني اتخذت قراري بكتابة القصة، حتى ولو لم يصدِّق قارئ واحد أنها قصة حقيقية واقعية، من الألف إلى الياء ..

قصة لا أملك معها سوى أن أردِّد عبارة واحدة ..

سبحان الله ..

☆☆☆

كيف ترى العالم؟

خطيبي(وليد)،

اعذرني لأنني بدأت خطابي لك بهذا اللقب، الذي تعتبره دائمًا تقليديًا جامدًا، ولكنني حاولت أن أبدأ الخطاب بلقب(حبيبي) ، أو حتى(صديقي).إلا أنني لم أستطع هذا قط ،

أعلم أن هذه البداية قد تصدمك كثيرًا، وتثير سخطك وغضبك ونقمتك .

ولكن ما باليد حيلة ..

أنت تعرفني جيدًا يا(وليد)..

لا يمكنني أبدًا أن أنطق أو أكتب ما لا أشعر به، أو أومن به ..

وهذا أيضا سيصدمك ..

وقبل أن ترتجف شفتاك غضبًا، كما يحدث عادة، دعني أوضّح لك موقفي، الذي دفعني لكتابة هذا الخطاب إليك، بدلًا من أن أسرد محتوياته على مسامعك عندما نلتقي ..

ودعنا نعود إلى البداية ..

إلى لقائنا الأوَّل ..

كان هذا في حفل الكلية، منذ عام ونصف العام تقريبًا ..

كنت أنا إحدى المعدّات الحفل، في حين حضرته أنت بصحبة شقيقتك، التي تربطني بها أواصر صداقة هادئة، منذ التحقت بكليتي العملية ..

ولست أنكر أنك جذبت انتباهي منذ اللحظة الأولى ..

جذبتني وسامتك الملحوظة، ورصانتك الواضحة، وتلك الرجولة الآسرة، في صوتك ونظراتك وملامحك ..

ومما لا شك فيه أنني أيضًا جذبت انتباهك في ذلك الحفل .

ولا تسألني كيف لاحظت هذا أو عرفته ..

كلنا معشر الفتيات تفهم هذا بسرعة ..

إنها فراستنا الخاصة، التي تتفوق فيها عليكم معشر الرجال ..

المهم أننا - وقبل أن نغادر الحفل - كنا قد اتفقنا على لقاء ثلاثي آخر ..

أنت وشقيقتك ..وأنا ..

وفي ذلك اللقاء الثاني، ازداد تقاربنا، وتوطدت أواصر الصلة بيننا أكثر وأكثر ..

،كان الحديث يدور حول عملك طوال الوقت، وعلى الرغم من أنني لا أفهم الكثير عنه، إلا أنني رحت أستمع إليك في شغف وأمنحك أذني طوال الوقت، دون أن أقاطعك لحظة واحدة، أو أرفع عيني عن شفتيك أبدًا .

حتى شقيقتك لاذت بالصمت، واكتفت بمراقبتي طوال الوقت، وكأنما تسعى لأن تستشف ما يعتمل في نفسي تجاهك ..

وفقط عندما انتهى اللقاء، أدركت أنني لم أنبس ببنت شفة ..

ولكن هذا لم يضايقني ..

كنت سعيدة للغاية، لأنني استمعت إليك، وإلى حديثك المتصل الهادئ .

ومنذ ذلك الحين، وحتى تمت خطبتنا، في حفل عائلي أنيق، لم يتغيَّر الوضع كثيرًا ..

أنت تتحدَّث طوال الوقت ..

وأنا استمع ..

فقط أستمع ..

ومع كثرة ما سمعت، تكونت عندى فكرة واضحة عن عملكى..

فكرة أدهشتك أنت نفسك، عندما بدأت أناقشك وأبدي آرائى فيما يتعلَّق بمشكلات العمل والخلافات مع زملائك..

ولقد أسعدني تقديرك لهذا ..

أسعدني أكثر مما تتصوَّر ..

ومن فرط سعادتي، بدأت انتقل – بصورة طبيعية - إلى الحديث عن حياتي أنا ..

عن دراستي، وزملائي، وصديقاتي ..

ولم يرق لك هذا ..

كنت تستمع إلى في شيء من الضجر، وتتململ طوال الوقت، وتتشاغل عني بالنظر إلى الطريق والمارة ..
ولست أنكر أنني لاحظت هذا منذ الوهلة الأولى، ولكنني لم أتوقف .
كنت مصرة على أن تدخل عالمي، كما دخلت أنا عالمك ..
أردت أن تعرف عني كل شيء، كما عرفت أنا عنك كل شيء ..
ولكنني لم أنجح أبدًا .
كان بداخلك إصرار شديد على تجاهل عالمي .
إصرار بدا لي مهينًا إلى حد ما ..
ولهذا لم أستطع المواصلة .
توقفت فورًا عن الحديث عن حياتي، وعدت أستمع إليك، وأنت تروي الكثير عن حياتك ..
وتروي ..
وتروي ..
وحار عقلي في البحث عن وسيلة لحوار متصل، يربط كل منا بالآخر ..
حوار يصلح لأن نتبادله بعد زواجنا، لا في فترة خطبتنا فحسب ..
كنت أبحث عن أمر يمكننا مناقشته معًا ..
والتحاور فيه..
وهكذا اخترت أبسط الأمور ..
الثقافة العامة ..
إنني أقرأ بنهم، منذ سنوات طفولتي وصباي، وتكونت لدي حصيلة ثقافية لا بأس بها، تصلح كل نقطة فيها لحديث طريف أو حوار بسيط .
تصلح على الأقل للربط بين عقلين، انغمس قلباهما في حب كحبنا .
ولكن صدمتي كانت عنيفة ..
كانت أعنف بكثير مما يمكن تصوره ..
لقد انتبهت فجأة، بعد عام ونصف العام من تعارفنا، إلى أنك فارغ تمامًا .
ليست لديك أية معلومات عامة، بخلاف ما يخص عملك .
فقط عملك ..
لست أدري ما الذي كانت تفعله طيلة حياتك !!
ألم تقرأ أبدًا؟
ألم تحاول قط التزود بشيء من الثقافة أو المعرفة؟ ..
ماذا فعلت بكل ما درسته في مقررات الدراسية، في المرحلتين الإعدادية والثانوية؟ ..!
هل ألقيت كل هذا خلف ظهرك، بمجرَّد التحاقك بالجامعة، أو بوظيفتك الجديدة؟ ..!
هل محوته تمامًا من ذاكرتك؟ ..!
إنك حتى لم تستوعب القضايا الهامة، التي تشغل العالم كله ..
لم تفهم ما يعنيه مصطلح(الاحتباس الحراري)..
لم يكن يعنيك أمر المشكلات البيئية أو الاقتصادية، التي تواجه الوطن .
ولا حتى التي تواجه العالم ..
الحديث عن ثقب الأوزون يضجرك ..
الحوار حول الإرهاب يثير في نفسك الملل ..
حتى القضايا اليومية لم تعد تهتم بها، من قريب أو بعيد ..
أنت فارغ ..
فارغ ..
فارغ ..
عقلك قرر طرح الدنيا كلها جانبًا، والتركيز فقط على ما يخص عملك ..
وكأنما انحصر العالم كله في عملك .
ليس هذا فحسب ..
إنه يصر أيضًا على ألا يستمع إلى أي شيء بخلاف هذا .
أي شيء ..

ولهذا استسلمت ..
رفعت في وجهك الراية البيضاء، وأعلنت عجزي عن إيجاد لغة للحوار المشترك ..
وهذا يعني أنني لا أستطيع الاستمرار معك ..
لا يمكنني أن أحيا إلى الأبد كمستمعة مخلصة ..
المفروض أن أستمع إليك وتستمع إليَّ ..
أن يتحدَّث كل منا أحيانًا ..
أن نتناقش ..
نتجادل ..
باختصار ..المفروض أن نحيا معًا .
مرة أخرى اعذرني يا(وليد)..
لقد فكَّرت في الأمر، ودرسته طويلًا، ووجدت أننا لا نستطيع الاستمرار معًا أبدًا ..
سامحني يا(وليد) ، وأنت تستعيد دبلتك التي أرسلتها لك مع هذا الخطاب ..
سامحني لأنني لم أناقش الأمر معك وجهًا لوجه، فقد خشيت أن يثير الاستماع الملل في نفسك، حتى ونحن نناقش أمرًا يتعلق بحياتنا معًا ..
..وربما اخترت أسلوب الخطاب بالذات، لعلني أنجح في إجبارك على قراءة شيء ما، بخلاف أوراق عملك ..
أي شيء ..
وأعتقد أنني نجحت هذا المرة ..
للأسف ..
وداعًا يا(وليد)..
وداعًا إلى الأبد ..
خطيبتك السابقة
(رحمة)

☆☆☆

الزهرة العاشقة

" صباح الخير يا زهرتي الجميلة "..

ارتسمت أعذب ابتسامة في الوجود، على شفتي(نجوان) وهي تهمس بتحية الصباح لتلك الزهرة الحمراء المنفردة، وسط، حشد من النباتات الخضراء، التي تملأ شرفة منزلها، والتقطت أصابعها الرقيقة رشاشة المياه الصغيرة، وأمالتها للتتناثر منها قطرات الماء العذب، وتروي الزهرة الجميلة، التي استقبلت الماء ببتلات متفتحة، ومياسم متراقصة، وكأنها تنتشي بحمّام الصباح، وتزهو بجمالها ورونقها ..

كانت زهرة من نوع خاص، يندر أن ينمو ويتفتَّح في أصيص زرع صغير، بعد أن اعتاد أن يحتل مكانة متميزة، في قلب الحدائق الغناء . وربما كان هذا مبعث فخر(نجوان)..

لقد حذرها الكثيرون، وهي تبتاع بذرة الزهرة، من أنها لن تنمو أبدًا في شرفة منزلها ..

حتى والدها، المهندس الزراعي، أبدى تشككه في أن يحدث هذا ..ولكن((نجوان)أصرَّت ..

ومنذ اليوم الأوَّل، زرعت بذرتها، وراحت ترويها بحبها ودلالها وعنايتها، قبل حتى أن تمنحها ماء الحياة ..

وانتظرت ..

انتظرت بشوق يفوق سنوات عمرها العشرين، وهي تراقب سطح التربة في لهفة، وتواصل عنايتها ورعايتها للزهرة، التي لم تعلن عن نموها بعد ..

ثم كان ذلك اليوم ..

كانت تنثر قطرات المطر على التربة، عندما لاحظت النبتة الخضراء الصغيرة، التي برزت منها ..

ولا أحد يمكنه أن يصف فرحتها يومئذ ..

لقد صرخت من فرط سعادتها، وراحت تقفز في الشرفة، وتصفق بكفيها في جذل وسعادة، كما لو أنها عادت طفلة في العاشرة من عمرها .لم تنتبه إلى مبالغتها في إظهار انفعالها، إلا عندما وقع بصرها فجأة على(سامر) ابن الجيران، وهو ، يراقبها من نافذة حجرته، ويبتسم ..

راقبها [illegible]، وجرت على أطراف أصابعها إلى حجرتها، وأغلقتها خلفها، وتركت قلبها يخفق بكل قوته ..

كيف نسيت أنه هناك؟ ! ...

كيف لم تنتبه إلى أن اليوم يوافق إجازته الأسبوعية، فأفرطت في فرحتها، وتركت صوتها يبلغ أذنيه؟ ..!

كيف نسيت أنه غارق في حبها، مثلما هي غارقة في حبه؟ ..!

صحيح أنهما لم يلتقيا قط، ولم يفصح أحدهما للآخر عن مكنون قلبه، إلا أن كلًا منهما لا يداخله أدنى شك في شعور الآخر نحوه ...

يكفي ما يتبادلاه من نظرات، وما يختلسانه من لحظات، ليستشف كل منهما ما يحمله له الآخر . .

ثم إنه من السهل أن يفهم كل منهما الآخر ..

إنهما جاران منذ الطفولة، والأسرتان تتبادلان التهنئة وعبارات المجاملة، في الأعياد والمناسبات، وإن لم تصل تلك العلاقة قط، إلى الحد الذي يحدث فيه تزاور من الجانبين ..

وهي تعرف أخلاق(سامر)جيدًا ..

كل من في الشارع يعرفها ..

إنه مثال للشاب الرصين المتزن المحترم، الذي أنهى سنوات دراسته بتفوق معقول، ثم التحق بالعمل في واحدة من شركات القطاع الخاص، التي قدرت كفاءته، ووضعته في مكانة مناسبة، لم يكن من الممكن أن يبلغها، في شركات القطاع العام، قبل عشرين عامًا على الأقل ..

وهي تعتقد أنه يستحق هذا ..

دائمًا تعتقد أنه يستحق كل خير ..

هذا لأنها تهتم به كثيرًا ..

أو بمعنى أدق، تهيم به كثيرًا ..

بل ربما اختارت تلك الشرفة بالذات، لتزرع فيها زهرتها، حتى تجد حجة تطل بها على حجرته، في المبنى المجاور ...

ولقد أحسنت الاختيار بالفعل ..

الزهرة أيضًا ارتاحت للشرفة، وقررت أن تتخلى عن حذرها التقليدي، وأن تنمو داخل ذلك الإصيص الصغير ..

وبسرعة، تحوَّلت النبتة الصغيرة إلى نبات قوي، برز من قمته برعم كبير، لم يلبث أن استدار وتكوَّر، وأعلن عن قرب مولد الزهرة الجميلة ..

وفي نفس اليوم، الذي تقدم فيه؟(سامر) لخطبتها، وقرأ فيه والدها الفاتحة مع والده، تفتحت الزهرة، وكأنها تشاركها فرحتها بزغرودة صامتة جميلة ..

وكانت الفرحة فرحتين كما يقولون ..

في الصباح تحقق حلمها، وتفتحت زهرتها .

وفي المساء خفق قلبها، وارتبطت بحبيبها(سامر) ..

أخيرًا أمكنها أن تعرفه عن قرب ..

ولقد غير هذا مشاعرها كثيرًا ..

كانت قبل هذا تحبه، أما الآن فهي تعشقه ..

إنه أروع مما قالوه عنه ..

إنسان مهذب متفتح، رقيق، حازم، عاطفي، متفهم ..

باختصار ..إنه حلم جميل لكل فتاة في الدنيا ..

وعلى الرغم من حبها وعشقها له، لم تنس ((نجوان)زهرتها قط ..

كانت تشعر بالفخر والسعادة؛ لأنها أول من نجحت في إقناع هذه الزهرة بأن تتفتح في شرفة منزلية ..

كل زميلاتها حاولن، وفشلن ..

كلهن بذلن غاية جهدهن، لإنبات زهرة مثلها، ولكنهن منين بالفشل الذريع ..

وهذا يزيدها زهوًا ..

إنها ترى نظرات الحسد في عيونهن، ومن يشاهدن زهرتها، وتسمع كلمات الحسرة التي ينطقن بها، وهن يتاملنها ..

المنطقة كلها أصبحت تحفظ ذلك المشهد .

مشهد(نجوان)وهي تروي زهرتها في الصباح، في حنان بالغ، وتهمس لها بعبارات رقيقة، كما لو كانت ابنتها ، ...

الجميع صاروا يعرفون كم ترتبط بهذه الزهرة ..

وكم تحبها ..

حتى الزهرة نفسها، بدت وكأنها عرفت هذا ولاحظته ..

لقد نمت بأوراق حمراء عريضة وكأنها تعلن سعادتها بالتواجد في هذا المكان ..

وفي حفل خطبتها، لم تغادر(نجوان) المنزل، إلا بعد أن طبعت قبلة حانية على أوراق زهرتها الجميلة ..

وعندما عادت من الحفل، وهي تحمل دبلة(سامر) في إصبعها، جلست تروي كل شيء، للزهرة ...

حكت لها عن أناقة((سامر)وسامته، وحنانه الجارف، ولمسته الرقيقة، وهو يضع الدبلة في إصبعها

كانت تتحدّث إليها، كما لو أنها صديقة عزيزة، شاركتها أسعد لحظات حياتها ..

والعجيب أن الزهرة لم تنغلق أبدًا مع لمساتها، على الرغم من أن هذا النوع من الزهور لا يتفتح أبدًا في مكان غريب ..

ولا بين أصابع غريبة .

لقد نما نوع الألفة بينهما، جعل كلًا منهما تألف الأخرى، وتأمن لها، وتشاركها مشاعرها وأسرارها .

وفي ذلك اليوم، وبينما كانت تروي زهرتها بالماء العذب، جاء(سامر) لزيارتها فجأة ..

لم يكن يحمل تلك الابتسامة الرقيقة كعادته، وإنما كانت عيناه غارقتين في شيء من الحزن، ارتجف له قلبها، وانتقلت ارتجافهإلى لسانها، وهي تسأله عما به ..

وبرقته وحنانه، أخبرها أن الشركة انتدبته لمراجعة حسابات فرعها في إحدى دول الخليج، وأنه سيسافر إلى هناك بعد ثلاث ساعات، ولن يعود قبل ثلاثة أشهر كاملة ..

وخفق قلبها، وهو يهمس في أذنها بأنه سيشتاق إليها كثيرًا، وسيتعذب لفراقها أكثر وأكثر ..

لم تكن تدري كيف يمكنها العيش بدونه، كل هذه الفترة ..

لم تدر كيف لن تراه كل صباح، وهو يذهب إلى عمله ..

كيف ستتحمل غيابه الطويل؟ وسالت دموعها، وهي تسأله ألا ينساها ..

وبدون أن تدري، امتدت يدها تقطف الزهرة، وتناوله إياها، وقطرات من دموعها ترويها بمزيج من الشوق واللهفة والحب ...

والعجيب أن الزهرة لم تغلق أوراقها بين أصابعه .

لقد ظلت معه متفتحة ..

تفوح برائحة الحب ..

وحتى يومنا هذا ..

☆☆☆